시 쉽게 감상하기 Ⅱ

김소월 지음

진달래 꽃

시 쉽게 감상하기 II

————

김소월 지음

진달래꽃

차례

제1장
사랑하던 그 사람이여

나는 세상 모르고 살았노라

'가고 오지 못한다'는 말을
철없던 내 귀로 들었노라.
만수산을 나서서
옛날에 갈라선 그 내 님도
오늘날 뵈올 수 있었으면.

나는 세상 모르고 살았노라.
고락에 겨운 입술로는
같은 말도 조금 더 영리하게
말하게도 지금은 되었건만,
오히려 세상 모르고 살았으면!

'돌아서면 무심타'는 말이
그 무슨 뜻인 줄을 알았으랴.
제석산 붙는 불은 옛날에 갈라선 그 내 님의
무덤의 풀이라도 태웠으면!

갈래 자유시, 서정시 | **성격** 민요적, 고백적, 회고적 | **주제** 지난날에 대한 후회

세상 모르고 살았던, 그 철없던 시절이 후회스러울 때가 있다. 지금은 좀더 영리하게 말할 수도 있게 되었다. 하지만 세상 모르고 살았던 게 어쩌면 더 좋은지도 모르겠다. 세상사의 고락을 겪으며 그만큼 쓰라린 아픔을 느꼈기 때문이다.

진달래꽃

나 보기가 역겨워
가실 때에는
말없이 고이 보내드리우리다.

영변(寧邊)에 약산(藥山)
진달래꽃
*아름 따다 가실 길에 뿌리우리다.

가시는 걸음걸음
놓인 그 꽃을
*사뿐히 즈려밟고 가시옵소서.

나 보기가 역겨워
가실 때에는
*죽어도 아니 눈물 흘리우리다.

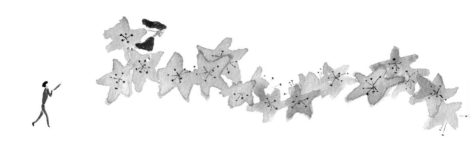

*아름 따다 가실 길에 뿌리우리다 '아름'은 두 팔을 둥글게 모아서 만든 둘레로, '한 아름', '두 아름'으로 쓰인다. 겉으로는 임이 가시는 길에 꽃을 뿌려 그 걸음을 축복한다는 의미가 있지만, 차마 그 꽃을 짓밟고 가지는 못할 것이라는 속내가 담겨 있다. *사뿐히 즈려밟고 '즈려밟고'는 위에서 내리눌러 밟는 것을 뜻한다. 땅에 떨어져 임에게 짓밟히는 진달래꽃과 그 꽃을 아무렇지도 않게 '사뿐히' 밟고 가는 임의 모습이 겹쳐진다. *죽어도 아니 눈물 흘리우리다 역설적인 표현으로, 절제된 슬픔이 느껴지는 구절이다. 사랑하는 임을 보내는 마음은 말할 수 없이 슬프지만, 임 앞에서는 결코 그런 감정을 드러내지 않겠다는 것이다.

갈래 자유시, 서정시 | **성격** 애상적, 역설적, 서정적, 낭만적 | **어조** 여성적 어조 | **표현의 특징** 수미상관, 반복법 | **제재** 진달래꽃 | **주제** 승화된 이별의 슬픔

어쩔 수 없이 가는 임의 가슴도 찢어지지만, 보내는 마음 또한 쓰리고 아파 '나 보기가 역겨워'서라고 억지를 부려본다. 하지만 결국 떠나야 한다는 걸 가는 사람도 보내는 사람도 알고 있으므로, 진달래꽃을 한 아름 따다 그 길에 뿌리며 임의 앞날을 축복하는 것이다. 이별의 슬픔을 역설적으로 드러낸 시다. 우리 민족의 가슴 밑바닥에 흐르는 끈끈한 '한'을 노래했다.

[*]초혼(招魂)

산산이 부서진 이름이여!
허공중에 헤어진 이름이여!
[*]불러도 주인 없는 이름이여!
부르다가 내가 죽을 이름이여!

심중에 남아 있는 말 한마디는
끝끝내 마저 하지 못하였구나.
사랑하던 그 사람이여!
사랑하던 그 사람이여!

붉은 해는 서산마루에 걸리었다.
사슴의 무리도 슬피 운다.
떨어져나가 앉은 산 위에서
나는 그대의 이름을 부르노라.

설움에 겹도록 부르노라.
설움에 겹도록 부르노라.
부르는 소리는 비껴가지만
하늘과 땅 사이가 너무 넓구나.

선 채로 이 자리에 돌이 되어도

부르다가 내가 죽을 이름이여!

사랑하던 그 사람이여!

사랑하던 그 사람이여!

*초혼 장례의식의 하나. 죽은 사람의 옷을 흔들며 그 혼을 소리쳐 부르는 일. *불러도 주인 없는 이름 임의 죽음을 암시한다.

갈래 자유시, 서정시 | 성격 전통적, 민요적, 격정적, 애상적 | 어조 직접적인 영탄조, 절규적 어조 | 표현의 특징 강렬한 어조로 감정을 직접적으로 나타냄. | 제재 사별한 임 | 주제 사별한 임에 대한 그리움, 임을 잃은 절절한 슬픔

사랑하는 임의 죽음 앞에 선 사람의 처절한 슬픔과 그리움이 느껴진다. '초혼'은 이미 떠난 혼을 불러들여 죽은 사람을 다시 살려내려는 간절한 소망을 담은 장례의식이다. 사랑했던 이를 잊지 못하고, 이제는 이 세상에 없는 그 이름을 절규하듯 부른다. 마음속에 남아 있는, 끝내 해주지 못한 그 한마디를 안타까워하며…

*개여울

당신은 무슨 일로
그리합니까?
홀로이 개여울에 주저앉아서

파릇한 풀포기가
돋아나오고
잔물은 봄바람에 *해적일 때에

가도 아주 가지는
않노라시던
그러한 약속이 있었겠지요.

날마다 개여울에
나와 앉아서
하염없이 무엇을 생각합니다.

가도 아주 가지는
않노라심은
굳이 잊지 말라는 부탁인지요.

 ***개여울** 개울의 여울목. ***해적일 때에** '해작일 때에'가 표준어. 무엇을 찾으려고 조금씩 들추거나 파서 헤칠 때에.

갈래 자유시, 서정시 | **성격** 서정적, 감상적 | **어조** 여성적 어조 | **제재** 개여울 | **주제** 떠난 임을 그리는 마음

파릇하게 풀 돋고 봄바람 불던 어느 날, 임은 약속했다. 갔다가 다시 오마고, 가도 아주 가는 건 아니라고. 그런데 떠난 임은 소식이 없다. 화자는 날마다 개여울에 나가 앉아 하염없이 임의 약속을 곱씹어본다.

풀따기

우리 집 뒷산에는 풀이 푸르고
숲 사이의 시냇물, 모래 바닥은
파아란 풀 그림자, 떠서 흘러요.

그리운 우리 님은 어디 계신고.
날마다 피어나는 우리 님 생각.
날마다 뒷산에 홀로 앉아서
날마다 풀을 따서 물에 던져요.

흘러가는 시내의 물에 흘러서
내어던진 풀잎은 옅게 떠갈 제
물살이 *해적해적 품을 헤쳐요.

그리운 우리 님은 어디 계신고.
가엾은 이내 속을 둘 곳 없어서
날마다 풀을 따서 물에 던지고
흘러가는 잎이나 *맘해보아요.

*해적해적 무엇이 가볍게 자꾸 움직이는 모양. *맘해보아요 마음을 실어보아요.

갈래 자유시, 서정시 │ **성격** 서정적, 낭만적, 고백적 │ **어조** 여성적 어조 │ **제재** 풀따기 │ **주제**
임 그리는 마음

임은 어디 계신 걸까. 날마다 뒷산에 올라 시냇물에 풀을 따 흘려보낸다. 풀잎은 물살에 흐트러지며
흘러간다. 그 풀잎 닿는 어딘가에 혹시 그리운 임이 계시진 않을까. 흘러가는 풀잎에 마음을 실어보
낸다. 떠난 임에게 가 닿기를 빌며 오늘도 풀을 따서 물에 던진다.

비단안개

눈들이 비단안개에 둘리울 때
그때는 차마 잊지 못할 때러라.
만나서 울던 때도 그런 날이요,
그리워 미친 날도 그런 때러라.

눈들이 비단안개에 둘리울 때
그때는 *흩목숨은 못살 때러라.
눈 풀리는 가지에 *당치마귀로
젊은 계집 목매고 달릴 때러라.

눈들이 비단안개에 둘리울 때
그때는 종달새 솟을 때러라.
들에랴, 바다에랴, 하늘에서랴,
아지 못할 무엇에 취할 때러라.

눈들이 비단안개에 둘리울 때
그때는 차마 잊지 못할 때러라.
첫사랑 있던 때도 그런 날이요,
영이별 있던 날도 그런 때러라.

*홀목숨 혼자 사는 사람을 뜻한다. *당치마귀 당옷이나 당치마의 끝자락에 덧붙인 긴 헝겊조각.

갈래 자유시, 서정시 ｜ **성격** 낭만적, 서정적 ｜ **표현의 특징** 반복법 ｜ **제재** 비단결 같은 안개 ｜
주제 잊지 못할 사랑과 이별

사방에 봄기운이 돌아 종달새가 높이 솟아오를 때, 녹지 않은 눈은 비단결 같은 안개에 둘린다. 차
마 잊지 못할 그런 때, 사랑하는 사람을 만나 울고 그리움에 미쳤었다. 아마 그런 때, 홀로 사는 사람
은 견디기 힘들어 목을 매기도 했으리라. 차마 잊지 못할 그런 때, 화자에게는 아련한 첫사랑도 있
었고 영원한 이별도 있었다.

옛이야기

고요하고 어두운 밤이 오며는
어스레한 등불에 밤이 오며는
외로움에 아픔에 다만 혼자서
하염없는 눈물에 저는 웁니다.

제 한몸도 예전엔 눈물 모르고
조그마한 세상을 보냈습니다.
그때는 지난날의 옛이야기도
아무 설움 모르고 외었습니다.

그런데 우리 님이 가신 뒤에는
아주 저를 버리고 가신 뒤에는
전날에 제게 있던 모든 것들이
가지가지 없어지고 말았습니다.

그러나 그 한때에 외어두었던
옛이야기뿐만은 남았습니다.
나날이 짙어가는 옛이야기는
부질없이 제 몸을 울려줍니다.

갈래 자유시, 서정시 | **성격** 고백적, 감상적 | **주제** 떠난 임을 그리는 마음

밤이면 떠난 임, 나를 버리고 간 임을 그리며 홀로 눈물짓는다. 조금만 더 잘할걸. 그러면 임이 떠나지 않았을지도 모르는데. 후회로 가슴을 치지만 이미 다 지나간 일이다. 이제는 그 시절 외워두었던 옛이야기만 남아 부질없이 눈물 흘리게 한다.

사랑의 선물

님 그리고 방울방울 흘린 눈물
진주 같은 그 눈물을
썩지 않는 붉은 실에
꿰고 또 꿰어
사랑의 선물로서
님의 목에 걸어줄라.

갈래 자유시, 서정시 | **성격** 감상적, 낭만적 | **제재** 눈물 | **주제** 떠난 임을 그리는 마음

임이 그리워 눈물이 흐른다. 그 눈물이 마치 진주 같다. 그걸 실에 꿰어서 임의 목에 걸어주고 싶다.
사랑의 선물로. 그런데 그 실은 오래오래 썩지 않는 붉은 실이어야 한다. 그래야 임도 그걸 보며 언
제까지나 내 생각을 할 테니까.

첫 치마

봄은 가나니 저문 날에,
꽃은 지나니 저문 봄에,
속없이 우나니 지는 꽃을,
속없이 느끼나니 가는 봄을,
꽃 지고 잎 진 가지를 잡고
미친 듯 우나니 *집난이는
해 다 지고 저문 봄에
허리에도 감은 첫 치마를
눈물로 함빡히 쥐어짜며
속없이 우노나 지는 꽃을,
속없이 느끼노나 가는 봄을.

*집난이 '집을 떠난 사람'이라는 말에서, 시집간 딸을 일컫는다.

갈래 자유시, 서정시 | **성격** 애상적, 감상적 | **어조** 여성적 어조 | **주제** 시집살이하는 새댁의 슬픔

속절없이 가는 봄. 어느덧 꽃이 지고 잎이 진다. 그 무정한 봄올, 꽃 지고 잎 진 가지를 잡고 미친 듯이 운다. 허리에 감은 '첫 치마'가 눈물에 젖어 쥐어짤 정도로.

반달

희멀끔하여 떠돈다, 하늘 위에
*빛 죽은 반달이 언제 올랐나!
바람은 나온다, 저녁은 춥구나.
흰 물가엔 뚜렷이 해가 드누나.

어두컴컴한 풀 없는 들은
찬 안개 위로 떠 흐른다.
아 겨울은 깊었다, 내 몸에는,
가슴이 무너져 내려앉는 이 설움아!

가는 님은 가슴의 사랑까지 없애고 가고
젊음은 늙음으로 바뀌어든다.
들가시나무의 밤드는 검은 가지
잎새들만 저녁빛에 희끄무레히 꽃지듯 한다.

*빛 죽은 빛을 잃은.

갈래 자유시, 서정시 | **성격** 애상적, 감상적 | **제재** 반달 | **주제** 무심한 임과 덧없는 삶

추운 저녁, 바람이 불고 하늘엔 반달이 떴다. 깊어가는 겨울에 설움이 가슴을 무너뜨린다. 임은 떠나며 사랑까지 거두어가고, 세월은 젊음을 늙음으로 바꾸어놓는다. 임은 무심하고 삶은 덧없다.

무심

시집 와서 삼 년
오는 봄은
거친벌 *난벌에 왔습니다.

거친벌 난벌에 피는 꽃은
졌다가도 피노라 이릅디다.
소식 없이 기다린
*이태 삼 년

바로 가던 앞 강(江)이 간 봄부터
굽이돌아 휘돌아 흐른다고
그러나 말 마소, 앞 여울의
물빛은 예대로 푸르렀소.

시집 와서 삼 년
어느 때나
터진 *개 개여울의 여울물은
거친벌 난벌에 흘렀습니다.

***난벌** 탁 트인 벌판. 황량한 벌판. ***이태 삼 년** 두 해 세 해. ***개** 강이나 내에 바닷물이 드나드는 곳.

갈래 자유시, 서정시 │ **성격** 여성적, 향토적 │ **표현의 특징** 운율의 아름다움, 수미상관, 반복과 대칭
│ **제재** 시집살이 │ **주제** 무심한 임

시집살이를 하는 젊은 여인이 어디론가 떠나 소식 없는 남편을 기다리는 심정을 노래한 시다. 해마다 봄은 오고 꽃은 피고 지는데, 또 앞 강의 물빛은 여전히 푸르고 터진 개여울의 물은 변함없이 벌판에 흐르는데, 무심한 임은 왜 소식이 없는가.

만나려는 심사

저녁해는 지고서 어스름의 길,
저 먼 산엔 어두워 잃어진 구름,
만나려는 심사는 웬 셈일까요.
그 사람이야 올 길 *바이 없는데,
발길은 뉘 마중을 가잔 말이냐.
하늘엔 달 오르며 우는 기러기.

*바이 전혀, 아주.

갈래 자유시, 서정시 | **성격** 감상적, 상징적 | **주제** 임을 기다리는 마음

돌아올 가능성이 전혀 없는 사람을 기다린다는 것은 허망한 일이다. 그런데도 마치 마중하듯 발길을 옮긴다. 견딜 수 없이 그 사람을 만나고 싶다. 저녁 하늘엔 달이 뜨고 기러기가 울며 간다. 쓸쓸하고 서글프다.

맘에 속의 사람

잊힐 듯이 볼 듯이 늘 보던 듯이
그립기도 그리운 참말 그리운
이 나의 맘에 속에 속 모를 곳에
늘 있는 그 사람을 내가 압니다.

인제도 인제라도 보기만 해도
다시없이 살뜰할 그 내 사람은
한두 번만 아니게 본 듯하여서
나자부터 그리운 그 사람이요.

남은 다 어림없다 이를지라도
속에 깊이 있는 것, 어찌하는가.
하나 진작 낯모를 그 내 사람은
다시없이 알뜰한 그 내 사람은

나를 못 잊어하여 못 잊어하여
애타는 그 사랑이 눈물이 되어,
한끝 만나리 하는 내 몸을 가져
몹쓸음을 둔 사람, 그 나의 사람?

갈래 자유시, 서정시 | **성격** 고백적, 감상적 | **주제** 가슴 깊은 곳에 있는 임

'나자부터 그리운 그 사람'은 늘 마음속 깊은 곳에 자리하고 있다. 남들이 뭐라 하든, 그는 다시없이 살뜰하고 알뜰한 나만의 사람이다. 그 사람이 나를 못 잊어 애타는 눈물을 흘린다. 어찌 그립지 않 겠는가.

맘 *켕기는 날

오실 날
아니 오시는 사람!
오시는 것 같게도
맘 켕기는 날!
어느덧 해도 지고 날이 저무네!

*켕기는 원래의 뜻은 '마음속으로 겁이 나고 탈이 날까 불안해하는'이지만, 여기서는 '어쩐지 꼭 그럴 것만 같은'이라는 뜻에 더 가깝다.

갈래 자유시, 서정시 | **성격** 감상적, 애상적 | **주제** 기다림

오마고, 무슨 일이 있어도 오마고 약속한 임이 오지 않는다. 하지만… 어쩐지 꼭 올 것 같은 마음이다. 문설주 잡고 서서 동구 밖만 바라본다. 야속하게도 어느덧 해는 지고 날이 저문다.

고적한 날

당신님의 편지를
받은 그날로
서러운 풍설이 돌았습니다.

물에 던져달라고 하신 그 뜻은
언제나 꿈꾸며 생각하라는
그 말씀인 줄 압니다.

흘려 쓰신 글씨나마
언문 글자로
눈물이라고 적어 보내셨지요.

물에 던져달라고 하신 그 뜻은
뜨거운 눈물 방울방울 흘리며
맘 곱게 읽어달라는 말씀이지요.

갈래 자유시, 서정시 | **성격** 감상적, 고백적 | **어조** 여성적 어조 | **제재** 임의 편지 | **주제** 임 생각에 외롭고 쓸쓸한 날

떠난 임으로부터 편지가 왔다. 그런데 편지를 읽고 물에 던져달란다. 화자는 그 말을 언제나 꿈꾸며 임을 생각하라는 뜻으로, 그 편지 뜨거운 눈물 흘려가며 읽어달라는 뜻으로 생각한다. 참으로 외롭고 쓸쓸한 날이다.

설움의 덩이

꿇어앉아 올리는 향로의 향불
내 가슴에 조그만 설움의 덩이
초닷새 달 그늘에 빗물이 운다.
내 가슴에 조그만 설움의 덩이.

갈래 자유시, 서정시 | **성격** 상징적, 애상적 | **주제** 가슴속 한(恨)

조용히 꿇어앉아 향로에 향불을 피운다. 그 가슴 밑바닥에 작은 설움 한 덩이 자리잡고 있다. 오늘은 초닷새, 달은 구름 속에 가리고 비가 내리기 시작한다. 가슴의 작은 설움도 비에 젖는다.

님 생각

1
맑은 하늘 떠도는 하얀 구름은
물에 어려 고요히 흘러내리고
바람비도 지나간 나의 마음엔
님의 얼굴 뚜렷이 다시금 뵈고.

2
외론 맘 둘 곳 없어 산에 오르니
파랗게 풀 자랐네, 옛날 동산에.
우리 님 어디 간고, 님을 부르니
메아리뿐 심회는 채울 길 없네.

3
거친 들 맑은 물에 어려도는 님
기쁜 맘 못내 금해 가까이 가니
어두운 내 그림자 어린 탓일까
님의 길은 또다시 흐리고 마네.

4

들고 나는 세월의 덧없는 길에
꽃은 졌다 또다시 새 움 돋아도
떠나신 님의 수렌 왜 안 돌아오노.
모래밭에 자욱은 어지러워도.

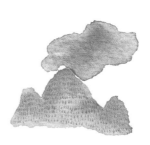

갈래 자유시, 서정시 | **성격** 감상적, 서정적 | **주제** 떠난 임 그리는 마음

세월이 흘러도 떠난 임의 얼굴은 더욱 뚜렷해진다. 외로움 달랠 길 없어 산에 오르니, 옛 동산엔 파란 풀이 자라고 임을 부르는 소리에 메아리만 답한다. 꽃은 피었다 지고 다시 새 움이 돋는데, 가신 임은 돌아올 줄을 모른다.

님과 벗

벗은 설움에서 반갑고
님은 사랑에서 좋아라.
딸기꽃 피어서 향기로운 때를
고추의 붉은 열매 익어가는 밤을
그대여, 부르라, 나는 마시리.

갈래 자유시, 서정시 | **성격** 감상적, 낭만적 | **제재** 임과 벗 | **주제** 벗과 술을 마시며 달래는 임 떠난 설움

임 떠난 설움에 잠겨 있는 화자를 찾아온 벗. 딸기꽃이 피고 붉은 열매가 익어가는 밤, 반가운 그 벗과 술잔을 기울이며 사랑했던 임을 그린다.

님에게

한때는 많은 날을 당신 생각에
밤까지 새운 일도 없지 않지만
지금도 때마다는 당신 생각에
축업은 베갯가의 꿈은 있지만

낯모를 딴 세상의 네길거리에
애달피 날 저무는 갓 스물이요
캄캄한 어두운 밤 들에 헤매도
당신은 잊어버린 설움이외다.

당신을 생각하면 지금이라도
비 오는 모래밭에 오는 눈물의
*축업은 베갯가의 꿈은 있지만
당신은 잊어버린 설움이외다.

*축업은 평안북도 정주 방언. '축축한'의 뜻.

갈래 자유시, 서정시 │ **성격** 고백적, 역설적 │ **주제** 임을 잊지 못하는 마음

사랑하는 마음을 털어놓지 못하고 홀로 애태운 많은 나날. 한때는 밤까지 새우며 생각하던 임이지
만, 또 임을 생각하면 아직도 눈물로 베갯잇을 적시지만, 지금은, 이제는 '잊어버린 설움'이다. 역설
적인 마음이 느껴지는 시다.

장별리(將別里)

연분홍 저고리 빨간 불 붙은
평양에도 이름 높은 장별리.
금실 은실의 가는 비는
비스듬히도 내리네, 뿌리네.

털털한 배암무늬 돋은 양산에
내리는 가는 비는
위에나 아래나 내리네, 뿌리네.

흐르는 대동강, 한복판에
울며 돌던 벌새의 떼무리,
당신과 이별하던 한복판에
비는 쉴 틈도 없이 내리네, 뿌리네.

갈래 자유시, 서정시 | **성격** 민요적, 관조적, 낭만적 | **표현의 특징** 반복법 | **주제** 비 내리는 장별리

평양 장별리에 비가 내린다. 비스듬히 뿌린다. 거리에는 뱀무늬 양산을 쓴 모습도 보인다. 양산 위에도, 양산 아래에도 비가 내린다. 벌새 떼가 울며 돌던, 또 임과 이별하던 대동강 한복판에도 비가 내린다. 쉬지 않고.

제2장

우리 님의 고운 노래

예전엔 미처 몰랐어요

봄 가을 없이 밤마다 돋는 달도
'예전엔 미처 몰랐어요.'

이렇게 사무치게 그리울 줄도
'예전엔 미처 몰랐어요.'

달이 암만 밝아도 쳐다볼 줄을
'예전엔 미처 몰랐어요.'

이제금 저 달이 설움인 줄은
'예전엔 미처 몰랐어요.'

갈래 자유시, 서정시 | **성격** 고백적, 감상적 | **표현의 특징** 반복법 | **어조** 여성적 어조 | **주제** 그리움

예전에는 정말 몰랐다. 밤마다 달이 돋는 것도, 임이 사무치게 그리울 줄도, 또 아무리 달이 밝아도 쳐다볼 줄도, 그리고… 그 달을 바라보며 이렇게 서러워할 줄도.

먼 후일

먼 훗날 당신이 찾으시면
그때에 내 말이 '잊었노라.'

당신이 속으로 나무라면
'무척 그리다가 잊었노라.'

그래도 당신이 나무라면
'믿기지 않아서 잊었노라.'

오늘도 어제도 아니 잊고
먼 훗날 그때에 '잊었노라.'

갈래 자유시, 서정시 | **성격** 역설적, 애상적 | **표현의 특징** 반복과 변조, 반어법 | **주제** 떠난 임에 대한 강렬한 그리움

잊을 수 없는 임에 대한 그리움을 반어적으로 표현한 시다. 화자는 '잊었노라'는 말을 되풀이하지만, 그건 잊었다는 사실의 확인이 아니라 그럴 수 없다는 생각의 강조다. 사무치게 그리운 임인데, '먼 훗날 그때'라고 쉽게 잊혀지겠는가.

자나 깨나 앉으나 서나

자나 깨나 앉으나 서나
그림자 같은 벗 하나이 내게 있었습니다.

그러나 우리는 얼마나 많은 세월을
쓸데없는 괴로움으로만 보내었겠습니까!

오늘은 또다시 당신의 가슴속 속 모를 곳을
울면서 나는 휘저어버리고 떠납니다그려.

*허수한 맘 둘 곳 없는 심사에 쓰라린 가슴은
그것이 사랑, 사랑이던 줄이 아니도 잊힙니다.

***허수한** 마음이 허전하고 서운한.

갈래 자유시, 서정시 | **성격** 고백적, 감상적 | **주제** 잊혀지지 않는 임

마치 그림자처럼 아침에 눈 뜨면서부터 잠들 때까지, 아니 잠든 후 꿈속에서조차 함께하던 임. 그 임의 가슴을 공연히, 오늘도 울면서 휘젓고 떠난다. 그래놓고 보니 마음이 허전하고 쓰라리다. 그건 바로 사랑이었으니까.

못 잊어

못 잊어 생각이 나겠지요.
그런대로 한세상 지내시구려.
사노라면 잊힐 날 있으리다.

못 잊어 생각이 나겠지요.
그런대로 세월만 가라시구려.
못 잊어도 더러는 잊히우리다.

그러나 또 한편 이렇지요.
'그리워 살뜰히 못 잊는데
어쩌면 생각이 떠지나요?'

갈래 자유시, 서정시 | **성격** 고백적, 애상적 | **제재** 이별 | **주제** 임에 대한 그리움

떠난 임을 잊을 수 없는 화자는 고통스럽다. 하지만 세월이 가다 보면 더러 잊히기도 할 테니 그 고통도 끝날 것이라고 스스로를 위로한다. 그런데 마지막 연에서 어찌하면 임을 잊을 수 있을까 묻는다. '그리워 살뜰히 못 잊는' 자신을 너무도 잘 알기 때문이다.

구름

저기 저 구름을 잡아 타면
붉게도 피로 물든 저 구름을,
밤이면 새카만 저 구름을.
잡아 타고 내 몸은 저 멀리로
구만 리 긴 하늘을 날아 건너
그대 잠든 품속에 안기렀더니,
애스러라, 그리는 못한대서
그대여 들으라, 비가 되어
저 구름이 그대한테로 내리거든
생각하라, 밤 저녁, 내 눈물을.

갈래 자유시, 서정시 | **성격** 감상적, 상징적 | **주제** 임 그리는 마음

피처럼 붉게 물드는, 밤이면 새카매지는 구름이 마치 임을 보고 싶어하는 간절한 마음 같다. 그 구름을 잡아 타고 임에게 가고 싶지만, 그렇게는 못하는 일. 만일 구름이 비가 되어 내리거든 임 그리는 눈물이라 생각하기를.

마음의 눈물

내 마음에서 눈물난다.
뒷산에 푸르른 미루나무 잎들이 알지.
내 마음에서, 마음에서 눈물나는 줄을,
나 보고 싶은 사람, 나 한번 보게 하여 주소,
우리 작은놈 날 보고 싶어하지.
건넛집 갓난이도 날 보고 싶을 테지,
나도 보고 싶다, 너희들이 어떻게 자라는 것을.
나 하고 싶은 노릇 나 하게 하여 주소.
못 잊혀 그리운 너의 품속이여!
못 잊히고, 못 잊혀 그립길래 내가 괴로워하는 조선이여.

마음에서 오늘날 눈물이 난다.
앞뒤 한길 포플러 잎들이 안다.
마음속에 마음의 비가 오는 줄을,
갓난이야 갓놈아 나 바라보라
아직도 한길 위에 인기척 있나,
무엇 이고 어머니 오시나 보다.
부뚜막 쥐도 이젠 달아났다.

 갈래 자유시, 서정시 | **성격** 감상적, 고백적 | **주제** 그리운 고향 그리운 사람들

무엇인가에 가로막혀, 보고 싶은 사람도 보지 못하고 그리운 고향 땅도 밟지 못하는 시인의 처지가 느껴진다. 오늘도 시인은 마음으로 운다. 아마도 뒷산 미루나무 잎과 한길가 포플러 잎들은 그 '마음속에 마음의 비가 오는 줄을' 알 것이다.

등불과 마주앉았으려면

적적히
다만 밝은 등불과 마주앉았으려면
아무 생각도 없이 그저 울고만 싶습니다.
왜 그런지야 알 사람이 없겠습니다마는.

어두운 밤에 홀로이 누웠으려면
아무 생각도 없이 그저 울고만 싶습니다.
왜 그런지야 알 사람도 없겠습니다마는,
탓을 하자면 무엇이라 말할 수는 있겠습니다마는.

갈래 자유시, 서정시 | **성격** 감상적, 고백적 | **주제** 울고 싶은 마음

어두운 밤, 홀로 등불을 켜고 있다 보면 나도 모를 슬픔에 울고 싶어질 때가 있다. 까닭을 아는 사람도 없다. 아무 생각 없이 그냥 울고 싶어진다. 그런데 굳이 탓을 하자면… 아마도 뭐라 말할 수는 있을 것이다.

잊었던 맘

집을 떠나 먼 저곳에
외로이도 다니던 내 심사를!
바람 불어 봄꽃이 필 때에는
어찌타 그대는 또 왔는가.
저도 잊고 나니 저 모르던 그대
어찌하여 옛날의 꿈조차 함께 오는가.
쓸데도 없이 서럽게만 오고가는 맘.

갈래 자유시, 서정시 | **성격** 감상적, 고백적 | **주제** 옛 임에 대한 그리움

봄이 오니 다시 생각나는 사람이 있다. 이젠 다 잊은 줄 알았더니… 게다가 옛날의 꿈까지 되살아나 부질없이 더욱 슬퍼진다.

가는 길

그립다
말을 할까
하니 그리워

그냥 갈까
그래도
다시 더 한 번……

저 산에도 까마귀, 들에 까마귀,
서산에는 해진다고
지저귑니다.

앞 강물, 뒷 강물,
흐르는 물은
어서 따라오라고 따라가자고
흘러도 연달아 흐릅니다려.

갈래 자유시, 서정시 | **성격** 애상적, 고백적 | **주제** 이별의 아쉬움과 그리움

헤어지는 임에 대한 그리움과 아쉬움을 노래한 시다. 그립다고 말을 하려 하니 그 말보다 그리움이
훨씬 더하고, 그렇다고 그냥 가자니 아쉬워서 다시 돌아서는 모습이 눈에 선하다. 야속하게도 까마
귀는 해가 진다 지저귀고, 강물은 어서 가자고 재촉한다.

님의 노래

그리운 우리 님의 맑은 노래는
언제나 제 가슴에 젖어 있어요.

긴 날을 문 밖에 서서 들어도
그리운 우리 님의 고운 노래는
해지고 저무도록 귀에 들려요.
밤들고 잠들도록 귀에 들려요.

고이도 흔들리는 노랫가락에
내 잠은 그만이나 깊이 들어요.
고적한 잠자리에 홀로 누워도
내 잠은 *포스근히 깊이 들어요.

그러나 자다 깨면 임의 노래는
하나도 남김 없이 잃어버려요.
들으면 듣는 대로 님의 노래는
하나도 남김 없이 잊고 말아요.

***포스근히** 포근히.

갈래 자유시, 서정시 | **성격** 고백적, 감상적 | **어조** 여성적 어조 | **제재** 임의 노래 | **주제** 임을 잊지 못하는 마음

임 그리는 마음에 그 노래가 하루종일 귓가에 맴돈다. 해지고 저물도록. 심지어 꿈속에까지 들리는 임의 노래는 맑고 또 곱다. 그런데 자다가 깨면 그 노랫소리는 허무하게도 어디론가 사라져 들리지 않는다.

동경하는 애인

너의 붉고 부드러운
그 입술에보다
너의 아름답고 깨끗한
그 혼에다
나는 뜨거운 키스를……
내 생명의 굳센 운율은
너의 조그마한 마음속에서
끊임없이 움직인다.

갈래 자유시, 서정시 | **성격** 열정적, 관념적 | **주제** 임의 영혼을 사랑하는 마음

화자가 사랑하는 것은 임의 육체가 아니라 아름답고 깨끗한 영혼이다. 그래서 붉고 부드러운 입술이 아니라 그 혼에 뜨거운 키스를 한다. 그것은 임의 마음속에서 그치지 않고 움직이는 생명의 굳센 운율이 된다.

*제이·엠·에쓰

평양서 나신 인격의 그 당신님, 제이·엠·에쓰
덕 없는 나를 미워하시고
재주 있던 나를 사랑하셨다.
오산(五山) 계시던 제이·엠·에쓰
십 년 봄 만에 오늘 아침 생각난다,
근년 처음 꿈 없이 자고 일어나며.

얽은 얼굴에 자그만 키와 여윈 몸매는
단 쇠끝 같은 지조가 튀어날 듯
타듯 하는 눈동자만이 유난히 빛나셨다.
민족을 위하여는 더도 모르시는 열정의 그 님.

소박한 풍채, 인자하신 옛날의 그 모양대로
그러나, 아아 술과 계집과 이욕에 헝클어져
십오 년에 *허주한 나를
웬일로 그 당신님
맘속으로 찾으시오? 오늘 아침.
아름답다 큰 사랑은 죽는 법 없어
기억되어 항상 내 가슴속에 숨어 있어
미쳐 거치른 내 양심을 잠재우리,
내가 괴로운 이 세상 떠날 때까지.

*제이·엠·에쓰 민족지도자 고당(古堂) 조만식(曺晩植)의 영문 머리글자(J. M. S.)다. *허주한 '허술한'의 방언. 치밀하지 못하고 엉성하여 빈틈이 있는.

갈래 자유시, 서정시 ┃ **성격** 회고적, 회한적 ┃ **주제** 스승의 사랑 회고

조만식 선생은 평양의 오산학교 교장이었다. 소월은 어느 날 아침 '덕없는' 자신을 미워하고 '재주 있던' 자신을 사랑했던 스승을 생각한다. '술과 계집과 이욕에 헝클어져' 살아온 날들을 후회하며 그 큰 사랑을 되새긴다.

해가 산마루에 저물어도

해가 산마루에 저물어도
내게 두고는 당신 때문에 저뭅니다.

해가 산마루에 올라와도
내게 두고는 당신 때문에 밝은 아침이라고 할 것입니다.

땅이 꺼져도 하늘이 무너져도
내게 두고는 끝까지 모두 다 당신 때문에 있습니다.

다시는 나의 이러한 맘뿐은, 때가 되면
그림자같이 당신한테로 가오리다.

오오 나의 애인이었던 당신이여.

갈래 자유시, 서정시 | **성격** 열정적, 고백적 | **표현의 특징** 반복법 | **주제** 삶의 이유인 당신

해가 저도 해가 떠도, 땅이 꺼져도 하늘이 무너져도, 즉 삶의 모든 것이 임 때문이라는 고백이 담겨
있는 시다. 화자는 때가 되면 임에게로 가겠다고 말한다, 늘 붙어 있는 그림자처럼. 왜냐하면… 사
랑하니까.

천리만리

말리지 못할 만치 몸부림하며
마치 천리만리나 가고도 싶은
맘이라고나 하여 볼까.
한 줄기 쏜살같이 벋은 이 길로
줄곧 치달아 올라가면
불붙는 산의, 불붙는 산의
연기는 한두 줄기 피어올라라.

갈래 자유시, 서정시 | **성격** 감상적, 고백적 | **표현의 특징** 반복법 | **주제** 삶의 갈망

어디론가 '말리지 못할 만치 몸부림하며' 달려가고 싶은 갈망을 노래했다. 한 줄기로 벋은 길을 치
달아 올라가면 무엇이 있을까. 아마도 '불붙는 산의' 연기 한두 줄기, 곧 갈망의 헛된 연소가 기다리
고 있을 것이다.

가을 아침에

아득한 *퍼스레한 하늘 아래서
회색의 지붕들은 번쩍거리며
성깃한 섶나무의 드문 수풀을
바람은 오다가다 울며 만날 때
보일락말락하는 멧골에서는
안개가 어스러이 흘러 쌓여라.

아아 이는 찬비 온 새벽이러라.
냇물도 잎새 아래 얼어붙누나.
눈물에 쎄어 오는 모든 기억은
피 흘린 상처조차 아직 새로운
*가주난 아기같이 울며 서두는
내 영을 에워싸고 속살거려라.

'그대의 가슴속이 가볍던 날
그리운 그 한때는 언제였었노!'
아아 어루만지는 고운 그 소리
쓰라린 가슴에서 속살거리는
미움도 부끄럼도 잊은 소리에
끝없이 하염없이 나는 울어라.

*퍼스레한 약간 푸른 빛을 띤. *가주난 갓난.

갈래 자유시, 서정시 ❘ **성격** 서정적, 애상적 ❘ **주제** 임과의 이별로 인한 슬픔과 그리움

섶나무 듬성듬성한 수풀에서 바람이 오다가다 울며 만나는 가을, 게다가 찬비까지 내린 새벽. 기억은 아직 아물지 않은 그 옛날의 상처를 떠올리며 우는 화자의 영혼을 에워싸고 속삭인다. 그 소리에 '그리운 그 한때'를 생각하며 화자는 울고 또 운다.

밤

홀로 잠들기가 참말 외로와요.
맘에는 사무치도록 그리워와요.
이리도 무던히
아주 얼굴조차 잊힐 듯해요.

벌써 해가 지고 어둡는데요,
이곳은 인천에 제물포, 이름난 곳,
부슬부슬 오는 비에 밤이 더디고
바다 바람이 춥기만 합니다.

다만 고요히 누워 들으면
다만 고요히 누워 들으면
하이얗게 밀어드는 봄 밀물이
눈앞을 가로막고 흐느낄 뿐이야요.

갈래 자유시, 서정시 | **성격** 서정적, 애상적 | **어조** 여성적 어조 | **주제** 임에 대한 그리움과 외로움

임 떠난 후 홀로 잠들기가 정말 외롭다. 이러다 얼굴조차 잊히는 게 아닌지 겁이 난다. 내리는 비에
밤은 길고 바닷바람은 춥기만 하다. 고요히 누워서 들으면 흐느끼는 듯한 봄 밀물 소리만 들린다.

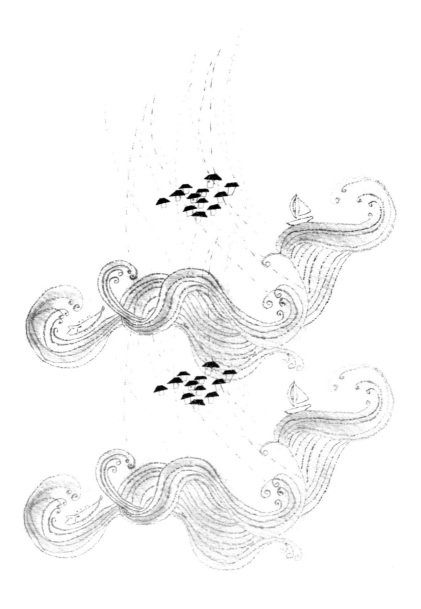

원앙침(鴛鴦枕)

바드득 이를 갈고
죽어볼까요
창가에 아롱아롱
달이 비춘다.

눈물은 새우잠의
팔굽베개요
봄꿩은 잠이 없어
밤에 와 운다.

*두동달이 베개는
어디 갔는고
언제는 둘이 자던 베갯머리에
'죽자 사자' 언약도 하여보았지.

봄메의 멧기슭에
우는 접동도
내 사랑 내 사랑
좋이 울것다.

두동달이 베개는
어디 갔는고
창가에 아롱아롱
달이 비춘다.

***두동달이 베개** 두 사람이 벨 수 있게 만든 베개.

갈래 자유시, 서정시 | **성격** 전통적, 감상적 | **어조** 여성적 어조 | **제재** 원앙침 | **주제** 떠난 임
에 대한 원망과 그리움

'바드득 이를 갈고 죽고' 싶을 정도로 원망스러우면서도 떠난 임이 그립다. 둘이 함께 베던, 그 베갯
머리에서 죽자 사자 언약하던 원앙침은 간 곳 없고 홀로 팔굽베개를 베고 누웠다. 봄꿩이 우는 창가
에는 달빛만 밝다.

생의 감격

깨어 누운 아침의
소리없는 잠자리
무슨 일로 눈물이
새암 솟듯 하오리.

못 잊어서 함이랴
그 대답은 '아니다'
아수여움 있느냐
그 대답도 '아니다.'

그리하면 이 눈물
아무 탓도 없느냐
그러하다 잠자코
그마만큼 알리라.

실틈만한 틈마다
새어드는 첫별아
내 어린 적 심정을
네가 지고 왔느냐.

하염없는 이 눈물
까닭 모를 이 눈물
깨어 누운 자리를
사무치는 이 눈물.

다정할손 살음은
어여쁠손 밝음은
항상 함께 있고자
내가 사는 반백 년.

갈래 자유시, 서정시 | **성격** 민요적, 관조적 | **주제** 임을 못 잊는 마음

아침에 눈을 뜨니 샘솟듯 눈물이 흐른다. 하염없이, 까닭 모르게… 무슨 일일까. 못 잊어서도 아니고 아쉬움 때문도 아니다. 잠자리를 적시는 이 눈물은 바로 생의 감격 때문이다. 삶과 밝음은 화자가 사는 반백 년 동안 항상 함께 있을 것이다.

그를 꿈꾼 밤

야밤중, 불빛이 발갛게
어렴풋이 보여라.

들리는 듯 마는 듯
발자국소리
스러져 가는 발자국소리.

아무리 혼자 누워 몸을 뒤채도
잃어버린 잠은 다시 안 와라.

야밤중, 불빛이 발갛게
어렴풋이 보여라.

갈래 자유시, 서정시 | **성격** 감각적, 감상적 | **표현의 특징** 수미상관, 시각적·청각적 이미지 |
주제 늦은 밤 느끼는 외로움과 그리움

임을 꿈꾸며 자다가 눈을 떴다. 어둠 속에 발간 불빛이 보이고, 꿈인지 생시인지 발자국소리가 들린다. 발자국소리는 화자 곁에서 차츰 멀어져간다. 몸을 뒤척여보지만 한번 떠난 잠은 다시 오지 않는다.

새벽

낙엽이 *발이 숨는 못물가에
우뚝우뚝한 나무 그림자
물빛조차 어슴프러이 떠오르는데,
나 혼자 섰노라, 아직도 아직도,
동녘 하늘은 어두운가.
천인(天人)에도 사랑 눈물, 구름 되어
외로운 꿈의 베개 흐렸는가
나의 님이여, 그러나 그러나
고이도 불그스레 물질려 와라
하늘 밟고 저녁에 섰는 구름.
반달은 중천에 지새일 때.

***발이 숨는** 발이 파묻히게 하는.

갈래 자유시, 서정시 | **성격** 상징적, 고백적 | **표현의 특징** 반복을 통한 강조 | **주제** 임 기다리는 마음

쌓인 낙엽에 발이 빠지는 못물가. 홀로 서서 임을 기다린다. 아직 동쪽 하늘은 어둡다. 반달이 중천에 지는 새벽, 붉은색으로 곱게 치장한 임이 어서 오기를 기다린다.

나의 집

들가에 떨어져나가 앉은 메기슭에
넓은 바다의 물가 뒤에,
나는 지으리, 나의 집을.
다시금 큰길을 앞에다 두고,
길로 지나가는 그 사람들은
제각기 떨어져서 혼자 가는 길.
하이얀 *여울턱에 날은 저물 때,
나는 문간에 서서 기다리리.
새벽 새가 울며 지새는 그늘로
세상은 희게, 또는 고요하게
번쩍이며 오는 아침부터
지나가는 길손을 눈여겨보며
그대인가고, 그대인가고.

***여울턱** 여울이란 '강이나 시내의 바닥이 얕거나 폭이 좁아 물살이 세게 흐르는 곳'이다. 그 여울의 높이 솟은 부분을 말한다.

갈래 자유시, 서정시 | **성격** 감상적, 서정적 | **표현의 특징** 도치법 | **주제** 임에 대한 간절한 기다림

먼저 '나의 집'을 짓고 싶다. 그리고 그 문간에 서서, 날이 저물 때부터 세상이 '희고 고요하게 번쩍이는' 아침까지 임을 기다리겠다. 혹시나 하는 마음에 지나가는 길손을 눈여겨보며…

제3장
꽃자리에 주저앉아

바다가 변하여 뽕나무밭 된다고

걷잡지 못할 만한 나의 이 설움
저무는 봄 저녁에 져가는 꽃잎
져가는 꽃잎들은 나부끼어라.
예로부터 일러오며 하는 말에도
바다가 변하여 뽕나무밭 된다고.
그러하다, 아름다운 청춘의 때의
있다던 온갖 것은 눈에 설고
다시금 낯모르게 되나니,
보아라, 그대여, 서럽지 않은가.
봄에도 삼월의 져가는 날에
붉은 피같이도 쏟아져내리는
저기 저 꽃잎들을, 저기 저 꽃잎들을.

갈래 자유시, 서정시 ∣ **성격** 애상적, 감각적 ∣ **주제** 덧없고 허무한 삶

인생은, 삶은 참으로 허무하고 덧없다. 봄 삼월 붉은 피같이 쏟아져내리는 꽃잎을 보는 화자의 마음
은 걷잡을 수 없이 서럽다. 옛말에 바다가 변하여 뽕나무밭이 된다더니, 아름다웠던 청춘의 모든 것
이 눈에 설고 낯모르게 되었다. 그것이 서럽다.

*궁인창(宮人唱)

둥글자 이지러지는 그믐달 아래
*근여서 떨어지는 꽃을 보고서
다시금 뒷 기약을 맺는 이별과
지각나자 늙어감을 나는 만났노라.

뜨는 물김 속에서 바라다보니
어젯날의 흰 눈이 덮인 산그늘로
*눌하게도 희미하게 빛깔도 없이
쓸쓸하게 나타나는 오늘의 날이여.

죽은 나무에 마른 잎이 번쩍거림은
지내간 옛날들을 꿈에 보람인가
서리 속에 터지는 꽃봉오리는
모르고 보낸 봄을 설워함인가.

생각사록 멋없는 내 가슴에는
볼사록 시울지는 내 얼굴에는
빗기는 한숨뿐이 푸르러 오아라.
그믐 새벽 지새는 달의 그늘에.

*궁인창 '궁녀의 노래'라는 뜻이다. *근여서 서둘러서. *눌하게도 분명하지 않아 답답하게도.

갈래 자유시, 서정시 │ **성격** 애상적 │ **표현의 특징** 도치법 │ **주제** 지난날을 돌아보며 탄식하는 궁인의 심회

'그믐달'과 '떨어지는 꽃'이라는 자연을 통해 늙은 궁녀의 쓸쓸한 처지와 그 비극적인 삶을 표현했다. 모르고 보낸 봄을 서러워하며, 서리 속에서 터지는 꽃봉오리 같은 자신의 운명에 궁녀는 오늘도 그믐 새벽 지새는 달의 그늘에서 한숨짓는다.

봄비

*어룰없이 지는 꽃은 가는 봄인데
어룰없이 오는 비에 봄은 울어라.
서럽다, 이 나의 가슴속에는!
보라, 높은 구름 나무의 푸릇한 가지.
그러나 해 늦으니 어스름인가.
애달피 고운 비는 *그어 오지만
내 몸은 꽃자리에 주저앉아 우노라.

***어룰없이** 얼굴 없이. '어룰'은 '얼굴'의 평안도 사투리. ***그어** 비가 잠시 그치어.

갈래 자유시, 서정시 | **성격** 애상적, 감상적 | **표현의 특징** 도치법 | **제재** 봄비 | **주제** 가는 봄에 대한 아쉬움

봄은 빗속에서 지는 꽃잎을 보며 운다. 화자 역시 가는 봄이 서럽다. 어느덧 비는 그쳤지만 화자는 꽃 떨어진 자리에 주저앉아 운다.

봄도 깊었네

파랑 봄 서울 안을 넘쳐듭니다.
파랗게 참새들과 춤을 춥니다.
*까짜를 올리는가 능수버들은
제비는 잘 왔노라 처마끝에서
물 따라 드나는 봄 기둘지 말고
어데야 소리나건 나 온 줄 아소.

***까짜를 올리는가** 놀리듯 건들대는가.

갈래 자유시, 서정시 ㅣ **성격** 낭만적, 낙천적 ㅣ **주제** 봄의 환희

봄은 파란색 옷을 입고 참새들과 춤을 추며 온다. 봄은 잠자던 생명들을 깨운다. 능수버들도 제비도
살아 있음을 기뻐하며 서울 장안에 넘쳐나는 봄을 만끽한다.

왕십리

비가 온다
오누나
오는 비는
올지라도 한 닷새 왔으면 좋지.

여드레 스무 날엔
온다고 하고
초하루 삭망(朔望)이면 간다고 했지.
가도 가도 왕십리 비가 오네.

웬걸, 저 새야
울랴거든
왕십리 건너가서 울어나 다고.
비 맞아 나른해서 벌새가 운다.

천안에 삼거리 실버들도
촉촉이 젖어서 늘어졌다네.
비가 와도 한 닷새 왔으면 좋지.
구름도 산마루에 걸려서 운다.

갈래 자유시, 서정시 | **성격** 감상적, 상징적 | **주제** 임을 붙잡아두고 싶은 마음

임은 떠난다는데 비가 온다. 오려면 한 닷새 오면 좋겠다. 그러면 임을 붙잡아둘 수 있을지 모르니까. 임 보내기 싫은 화자의 마음을 아는 듯 구름도 산마루에 걸려서 운다.

자주구름

물 고운 자주구름
하늘은 개여 오네.
밤중에 몰래 온 눈
솔숲에 꽃피었네.

아침볕 빛나는데
알알이 뛰노는 눈

밤새에 지난 일은……
다 잊고 바라보네.

움직이리는 자주구름.

갈래 자유시, 서정시 ｜ **성격** 서정적, 관조적 ｜ **주제** 자연의 신비

아침볕을 받아 자주색으로 빛나는 구름이 곱다. 밤중에 소리없이 눈이 내려 솔숲에는 꽃이 핀 듯하
다. 지난밤의 일은 모두 잊고 그 눈을 바라본다. 하늘은 개어 오고 자주색 구름은 말없이 흘러간다.

낙천(樂天)

살기에 이러한 세상이라고
맘을 그렇게나 먹어야지.
살기에 이러한 세상이라고
꽃 지고 잎 진 가지에 바람이 운다.

갈래 자유시, 서정시 ｜ **성격** 낙관적, 관조적 ｜ **주제** 세상사에 대한 달관

세상사 모든 것이 마음먹기에 달려 있다는 걸 새삼 깨닫는다. 설령 꽃 지고 잎 진 가지에 바람이 불
더라도… 아등바등하지 않고 편안하게 맘을 먹기로 한다.

늦은 가을비

구슬픈 날, 가을날은 괴로운 밤 꾸는 꿈과 같이
모든 생명을 울린다.
아파도 심하구나 음산한 바람들 세고
둑가의 마른 풀이 갈기갈기 젖은 후에 흩어지고
그 많은 사람들도 문 밖 그림자 볼수록
한 줄기 연기 곁을 길고 파리한 버들같이 스러진다.

갈래 자유시, 서정시 | **성격** 감상적, 퇴폐적 | **주제** 삶의 허무

괴로운 밤 꾸는 꿈처럼 가을날은 모든 생명을 울린다. 그 위에 늦은 가을비가 내린다. 바람은 음산
하게 불고 마른 풀은 젖어서 이리저리 흩어진다. 사람들은 한 줄기 연기 곁을 버들같이 스러진다.

제비

오늘 아침 먼동 틀 때
강남의 더운 나라로
제비가 울고불며 떠났습니다.

잘 가라는 듯이
살살 부는 새벽의
바람이 불 때에 떠났습니다.

*어이를 이별하고
떠난 고향의
하늘을 바라보던 제비이지요.

길가에서 떠도는 몸이길래
살살 부는 새벽의
바람이 부는데도 떠났습니다.

*어이 짐승의 어미.

갈래 자유시, 서정시 │ **성격** 서정적, 감상적 │ **제재** 제비 │ **주제** 고향을 그리는 마음

고향을 그리는 화자의 간절한 마음이 표현된 시다. 어미를 이별하고 떠나온 제비는 오늘 아침 먼동이 틀 때 강남으로 돌아갔다. 나는 언제나 돌아갈 수 있으려나. 부러운 마음에 화자는 고향 하늘을 하염없이 바라본다.

생(生)과 사(死)

살았대나 죽었대나 같은 말을 가지고
사람은 살아서 늙어서야 죽나니,
그러하면 그 역시 그럴듯도 한 일을
하필코 내 몸이라 그 무엇이 어째서
오늘도 산마루에 올라서서 우느냐.

갈래 자유시, 서정시 | **성격** 애상적, 감상적 | **주제** 삶과 죽음은 하나

삶도 죽음도 모두 자연의 이치다. 사람은 태어나 살다가 늙어서 죽는다. 시인은 그것을 자연스러운
일로 받아들인다. 내 몸이라고 하등 다를 게 없다. 그렇게 생각하면 그럴듯한 일을 왜 슬퍼하는가.

두 사람

흰 눈은 한 잎
또 한 잎
영(嶺) 기슭을 덮을 때,
짚신에 *감발하고 *길심 매고
우뚝 일어나면서 돌아서도……
다시금 또 보이는,
다시금 또 보이는.

*감발 발감개. 버선이나 양말 대신 발에 감는 좁고 긴 무명천. *길심 길 떠날 때 옷 따위를 동여매는 것.

갈래 자유시, 서정시 | **성격** 서정적, 감상적 | **주제** 눈 속의 이별

한 잎 또 한 잎 눈이 쌓여가는 고갯마루에서의 이별. 한 사람은 떠나고 한 사람은 남는다. 떠나는 사람은 독하게 마음먹고 돌아선다. 짚신에 감발하고 길심매고… 그런데 가다가 돌아보면 한 사람은 눈 속에 그대로 서 있다.

신앙

눈을 감고 잠잠히 생각하라.
무거운 짐에 우는 목숨에는
받아 가질 안식을 더하려고
반드시 힘있는 도움의 손이
그대들을 위하여 기다릴지니.

그러나 길은 다하고 날이 저무는가.
애처로운 인생이여,
종소리는 *배바삐 흔들리고
애꿎은 조가(弔歌)는 비껴올 때
머리 수그리며 그대 탄식하리.

그러나 꿇어앉아 고요히
빌라, 힘있게, 경건하게.
그대의 맘 가운데
그대를 지키고 있는 아름다운 신을

높이 우러러 경배하라.
멍에는 괴롭고 짐은 무거워도
두드리던 문은 멀지 않아 열릴지니
가슴에 품고 있는 명멸의 그 등잔을
부드러운 예지의 기름으로
채우고 또 채우라.

그러하면 목숨의 *봄두던의
*살음을 감사하는 높은 가지
잊었던 진리의 봉우리에 잎은 피며
신앙의 불붙는 고운 잔디
그대의 헐벗은 영(靈)을 싸덮으리.

***배바삐** '이리저리 바쁘고 수선스럽게'의 평안도 방언. ***봄두던** 봄 언덕. ***살음을** 삶을.

갈래 자유시, 서정시 │ **성격** 종교적, 관조적 │ **주제** 삶 속의 신앙

삶의 안식을 원한다면 눈을 감고 잠잠히 생각하라고 한다. 인생길이 다하여 조종(弔鐘) 울릴 때 탄식하지 말고 꿇어앉아 신을 경배하라고 한다. 아무리 멍에가 괴롭고 짐이 무거워도 가슴에 품은 등잔을 기름으로 채우라고 한다. 그러면 두드리던 문이 열릴 거라고…

건강한 잠

상냥한 태양이 씻은 듯한 얼굴로
산속 고요한 거리 위를 쓴다.
봄 아침 자리에서 갓 일어난 몸에
홑것을 걸치고 들에 나가 거닐면
산뜻이 살에 숨는 바람이 좋기도 하다.
뾰죽뾰죽한 *풀 엄을
밟는가 봐 저어
발도 사뿐히 가려놓을 때
과거의 십 년 기억은 머리 속에 선명하고
오늘날의 보람 많은 계획이 확실히 선다.
마음과 몸이 아울러 유쾌한 간밤의 잠이여.

*풀 엄 풀 움. '움'은 초목의 새로 돋아나온 어린 싹.

갈래 자유시, 서정시 │ **성격** 희망적 │ **주제** 잘 자고 난 날 아침의 상쾌한 기분

지난밤 잘 자고 일어나 밝은 태양을 마주하면, 살갗에 와 닿는 바람도 상쾌하다. 머릿속은 맑고 발
걸음도 가볍다. 어쩐지 모든 일이 잘 풀릴 것만 같다. 어느 봄날 아침에.

가을 저녁에

물은 희고 길구나, 하늘보다도.
구름은 붉구나, 해보다도.
서럽다, 높아가는 긴 들 끝에
나는 떠돌며 울며 생각한다, 그대를.

그늘 깊어오는 밭 앞으로
끝없이 나아가는 길은 앞으로.
키 높은 나무 아래로, 물마을은
성깃한 가지가지 새로 떠오른다.

그 누가 온다고 한 언약도 없건마는!
기다려볼 사람도 없건마는!
나는 오히려 못물가를 싸고 떠돈다.
그 못물로는 놀이 잦을 때.

갈래 자유시, 서정시 | **성격** 애상적, 비탄적 | **표현의 특징** 도치법 | **주제** 떠난 임을 그리는 마음
스산한 가을 저녁, 떨어지는 해보다 붉은 구름을 보니 문득 서러워진다. 높아가는 들 끝을 떠돌다가
임을 생각하며 운다. 온다고 약속한 적도 없고, 그러므로 기다릴 사람도 없지만, 화자는 이 저녁 노
을진 못물가를 홀로 헤맨다.

바리운 몸

꿈에 울고 일어나
들에
나와라.

들에는 소슬비
*머구리는 울어라.
풀그늘 어두운데

뒷짐지고 땅 보며 머뭇거릴 때.

누가 반딧불 꾀어드는 수풀 속에서
'간다 잘살아라' 하며 노래불러라.

*머구리 '개구리'의 함경도 방언.

갈래 자유시, 서정시 | **성격** 애상적, 감상적 | **주제** 버림받은 슬픔

임에게 버림받은 것이 서러워 꿈에서도 울었다. 마음도 스산한데 비까지 내린다. 들에서는 개구리
우는 소리 들리고, 반딧불 날아드는 숲에서는 '간다, 잘 살아라' 하는 임의 목소리가 들리는 듯하다.

황촉불

황촉불, 그저도 까맣게
스러져가는 푸른 창을 기대고
소리조차 없는 흰 밤에,
나는 혼자 거울에 얼굴을 묻고
뜻없이 생각없이 들여다보노라.
나는 이르노니, '우리 사람들
첫날밤은 꿈속으로 보내고
죽음은 조는 동안에 와서,
별 좋은 일도 없이 스러지고 말아라.'

갈래 자유시, 서정시 │ **성격** 비관적, 애상적 │ **주제** 덧없는 삶

깊은 밤 녹아내리는 황촉불 곁에서 화자는 홀로 자신과 마주한다. 첫날밤은 꿈결같이 흘러가고, 죽음은 어느덧 소리없이 다가온다. '별 좋은 일도 없이 스러지는' 인생이란, 삶이란 얼마나 덧없는 것인가.

깊고 깊은 언약

몹쓸 꿈을 깨어 돌아누울 때
봄이 와서 멧나물 돋아나올 때
아름다운 젊은이 앞을 지날 때
잊어버렸던 듯이 저도 모르게
얼결에 생각나는 '깊고 깊은 언약'

갈래 자유시, 서정시 ∣ **성격** 고백적, 서정적 ∣ **주제** 때때로 생각나는 임과의 약속

지나간 그 언젠가 임은 '깊고 깊은 언약'을 했다. 잊지 말아야 하는데, 무심한 세월 속에 잊고 살았던
그 약속. 때때로, 일마다 생각난다. 문득문득…

눈 오는 저녁

바람 자는 이 저녁
흰 눈은 퍼붓는데
무엇하고 계시노
같은 저녁 금년은……

꿈이라도 꾸면은!
잠들면 만날런가.
잊었던 그 사람은
흰 눈 타고 오시네.
저녁때, 흰 눈은 퍼부어라.

갈래 자유시, 서정시 | **성격** 서정적, 감상적 | **주제** 임 생각

흰 눈이 퍼붓듯 내린다. 이 저녁, 임은 어디서 뭘 하고 계실까. 혹시 잠들면 꿈속에서라도 만날지 모른다. 눈은 계속 퍼부어라. 잊었던 그 임은 내 꿈속에서 흰 눈을 타고 오실 테니까.

배

개여울에 닻 준 배는
내일이라도
순풍만 불며는 떠나간다고.

개여울에 닻 준 배는
이 밤이라도
밀물만 밀리면 떠나간다고.

물 밀고 바람 불어
때가 되며는
개여울에 닻 준 배는 떠나갈 테지.

갈래 자유시, 서정시 │ **성격** 감상적, 상징적 │ **주제** 떠나는 것에 대한 아쉬움

개여울에 닻을 내린 배는 아마도 순풍만 불면, 밀물만 밀려오면 떠날 것이다. 내일이라도, 이 밤이라도 때가 되면 배는 떠날 것이다. 임도 떠날 것이다. 화자 혼자만 남겨두고…

제4장

산에는 꽃이 피네

강촌

날 저물고 돋는 달에
흰물은 쏼쏼……
금모래 반짝……
청노새 몰고 가는 낭군!
여기는 강촌
강촌에 내 몸은 홀로 사네.
말하자면, 나도 나도
늦은 봄 오늘이 다 진(盡)토록
*백년처권(百年妻眷)을 울고 가네.
*길쎄 저문 나는 선비,
 당신은 강촌에 홀로 된 몸.

*백년처권 아내와 친족. *길쎄 평안북도 방언으로 '날씨'를 뜻함.

갈래 자유시, 서정시 │ **성격** 낭만적, 풍자적, 해학적 │ **표현의 특징** 대화체 형식 │ **주제** 저물 무렵의 강촌 풍경

황혼이라는, 자연의 순간적인 아름다움을 그렸다. 그러나 금모래가 반짝이는 강촌의 낭만적인 분위기는 곧 사라질 것이다. 황혼의 시간은 지극히 짧으니까. 그런 가운데 강촌의 과부와 청노새를 탄 선비, 두 화자의 능청스러운 속셈이 맞아떨어진다.

엄마야 누나야

엄마야 누나야 강변 살자.
뜰에는 반짝이는 금모래빛
뒷문 밖에는 갈잎의 노래
엄마야 누나야 강변 살자.

갈래 자유시, 서정시 | **성격** 서정적, 민요적, 낭만적 | **표현의 특징** 반복법 | **구성** 수미상관 |
주제 어린 시절에 대한 동경

평화롭던 어린 시절의 삶에 대한 그리움을 노래한 시다. 뜰에는 반짝이는 금모래가 있고 뒷문 밖에
는 갈잎의 노래가 들리는 강변, 화자가 엄마, 누나와 함께 살고 싶어하는 강변은 평화와 행복이 보
장되는 안식처다. 단란한 가정에 대한 소망이 실현되는 공간이다.

접동새

접동
접동
*아우래비 접동

진두강(津頭江) 가람 가에 살던 누나는
진두강 앞 마을에
와서 웁니다.

옛날, 우리나라
먼 뒤쪽의
진두강 가람 가에 살던 누나는
의붓어미 시샘에 죽었습니다.

누나라고 불러보랴
오오 *불설워
시새움에 몸이 죽은 우리 누나는
죽어서 접동새가 되었습니다.

아홉이나 남아 되던 *오랩동생을
죽어서도 못 잊어 차마 못 잊어
*야삼경(夜三更) 남 다 자는 밤이 깊으면
이산 저산 옮아가며 슬피 웁니다.

*아우래비 '아홉 오래비'를 줄여서 부드럽게 발음함. *불설워 '몹시 서러워'의 평안도 방언. *오랩동생 여자가 자기 사내동생을 일컫는 말. *야삼경 밤 11시~1시. 한밤중.

갈래 자유시, 서정시 | **성격** 전통적, 애상적, 민요적 | **표현의 특징** 동음어나 유사음의 반복 | **제재** 접동새 설화 | **주제** 죽어서도 잊지 못하는 혈육의 정

의붓어미 시샘에 억울하게 죽은 누이를 주인공으로 한 접동새 설화. 그 설화 속에서 생과 사를 초월한 혈육의 정을 느낄 수 있다. 접동새가 된 죽은 누이는 아홉 남동생을 차마 못 잊어 한밤중이면 이 산 저산 옮아가며 슬피 운다. '접동 접동 아우래비 접동…'

산유화

산에는 꽃 피네
꽃이 피네
갈 봄 여름 없이
꽃이 피네.

산에
산에
피는 꽃은
저만치 혼자서 피어 있네.

산에서 우는 작은 새요
꽃이 좋아
산에서
사노라네.

산에는 꽃 지네
꽃이 지네
갈 봄 여름 없이
꽃이 지네.

 갈래 자유시, 서정시 | **성격** 애상적, 관조적, 낭만적 | **표현의 특징** 반복과 대칭 | **구성** 수미상
관 | **주제** 모든 존재의 근원적 고독

화자는 산유화를 보며 이 세상 모든 존재가 근원적으로 느끼는 외로움을 노래하고 있다. 아무도 찾
지 않는 깊은 산속, 꽃은 '저만치 혼자서' 피어 있고, 갈 봄 여름 없이 피고 또 진다. 오직 산에서 우는
작은 새만 꽃이 좋아 산에서 산다.

부모

낙엽이 우수수 떨어질 때,
겨울의 기나긴 밤,
어머님하고 둘이 앉아
옛이야기 들어라.

나는 어쩌면 생겨나와
이 이야기 듣는가?
묻지도 말아라, 내일 날에
내가 부모 되어서 알아보랴?

갈래 자유시, 서정시 | **성격** 서정적, 고백적 | **주제** 부모의 사랑에 대한 그리움

낙엽이 소리를 내며 떨어질 때, 또 기나긴 겨울밤, 어머니에게 옛이야기를 듣다가 불현듯 생각한다.
나는 어쩌다 생겨나와 이 이야기를 듣는가. 그 답은 훗날 내가 부모 되었을 때 알아보아야 하겠지.
부모의 마음에서 출발하여 그 부모를 닮아가는 과정이 가장 근본적인 삶의 이치라는 것을 깨닫게
해주는 시다.

금잔디

잔디,
잔디,
금잔디.
심심산천에 붙는 불은
가신 님 무덤가에 금잔디
봄이 왔네, 봄빛이 왔네.
버드나무 끝에도 실가지에.
봄빛이 왔네, 봄날이 왔네,
심심산천에도 금잔디에.

갈래 자유시, 서정시 | **성격** 민요적, 서정적 | **표현의 특징** 반복법 | **제재** 금잔디 | **주제** 죽은 임에 대한 그리움과 한

버드나무 끝에도 실가지에도 봄은 왔는데, 임은 무덤 속에 누워 있다. 금잔디는 올해도 어김없이 돋아났는데… 죽은 임을 그리는 한스러운 마음이 짧은 시어 속에 표현되어 있다. 임을 잃은 슬픔에 대해서는 한마디도 하지 않았지만 그 애절한 마음이 느껴진다.

산

산새도 오리나무
위에서 운다.
산새는 왜 우노, *시메산골
영(嶺) 넘어갈라고 그래서 울지.

눈은 나리네, 와서 덮이네.
오늘 하룻길
칠팔십 리
돌아서서 육십 리는 가기도 했소.

불귀(不歸), 불귀, 다시 불귀,
삼수갑산에 다시 불귀.
사나이 속이라 잊으련만,
십오 년 정분을 못 잊겠네.

산에는 오는 눈, 들에는 녹는 눈.
산새도 오리나무
위에서 운다.
삼수갑산 가는 길은 고개의 길.

*시메산골 깊은 산골.

갈래 자유시, 서정시 | **성격** 민요적, 향토적 | **표현의 특징** 반복법 | **제재** 산 | **주제** 삼수갑산을 그리는 마음

이리저리 옮겨다니며 타향살이를 한 소월에게는 발길이 머문 곳은 모두 고향이나 마찬가지다. 그래서 항상 그곳을 잊지 못하고 그리워한다. '십오 년 정분을 못 잊는' 사나이와 오리나무 위의 새는 고개를 넘으려는 의지를 지녔다는 점에서 같다. 삼수갑산. 한번 가면 돌아올 수 없는 곳이기에 화자는 망설이고 또 망설인다. 하룻길이 칠팔십 리인데 육십 리는 돌아서서 간다고 하지 않는가.

바라건대는 우리에게 우리의
*보습 대일 땅이 있었다면

나는 꿈꾸었노라, 동무들과 내가 가지런히
벌가의 하루 일을 다 마치고
석양에 마을로 돌아오는 꿈을,
즐거이, 꿈 가운데.

그러나 집 잃은 내 몸이여,
바라건대는 우리에게 우리의 보습 대일 땅이 있었더면!
이처럼 떠들으랴, 아침에 점을 손에
새라새로운 탄식을 얻으면서.

동이랴, 남북이랴,
내 몸은 떠가나니. 볼지어다,
희망의 반짝임은, 별빛이 아득임은.
물결뿐 떠올라라, 가슴에 팔다리에.

그러나 어쩌면 황송한 이 심정을! 날로 나날이 내 앞에는
자칫 가느른 길이 이어가라. 나는 나아가리라
한 걸음, 또 한 걸음. 보이는 산비탈엔
온 새벽 동무들 저저 혼자…… 산경(山耕)을 김매이는.

*보습 쟁기·가래 따위 농기구의 부분으로, 땅을 갈아 흙덩이를 일으키는 데 쓰는 넓적한 삽 모양의 쇳조각.

갈래 자유시, 서정시 | 성격 남성적, 저항적 | 주제 나라를 잃은 절망감과 현실을 극복하려는 의지

땅과 집을 잃고 방황하는 한 농민의 모습을 통해 식민지시절 우리 민족의 아픈 삶을 그리고 있다. 보습 댈 땅 하나 없이 떠도는 화자는 종종 즐거운 꿈을 꾸곤 한다. 하루 일을 마치고 저녁놀이 질 때 친구들과 함께 마을로 돌아오는… 현실이 아무리 절망적이어도 화자는 희망을 잃지 않고 한 걸음, 또 한 걸음 나아가겠다고 다짐한다.

물로 사흘 배 사흘
먼 삼천 리
더더구나 걸어 넘는 먼 삼천 리
삭주 구성은 산을 넘은 육천 리요.

물 맞아 함빡이 젖은 제비도
가다가 비에 걸려 오노랍니다.
저녁에는 높은 산
밤에 높은 산

삭주 구성은 산 넘어
먼 육천 리
가끔가끔 꿈에는 사오천 리
가다오다 돌아오는 길이겠지요.

서로 떠난 몸이길래 몸이 그리워
못 보았소 새들도 집이 그리워
남북으로 오며가며 아니합디까.

들 끝에 날아가는 나는 구름은
밤쯤은 어디 바로 가 있을 텐고.
삭주 구성은 산 넘어
먼 육천 리.

***삭주 구성** '삭주'는 평안북도 삭주군의 면, '구성'은 평안북도 구성군의 읍. 구성은 소월이 태어난 곳이다.

갈래 자유시, 서정시 ｜ **성격** 애상적, 감상적 ｜ **표현의 특징** 민요적 가락 ｜ **제재** 삭주 구성 ｜ **주제** 삭주 구성에 대한 그리움

삭주 구성. 물로 사흘 배로 사흘 삼천 리, 게다가 삼천 리는 걸어 넘어야 하니 육천 리나 떨어진 곳, 가고 싶어도 갈 수 없는 곳이다. 젖은 제비도 가다가 비에 걸려 되돌아오는 곳이다. 화자는 거기에 사랑하는 임을 두고 왔다. 그래서 그립다. 한없이…

삼수갑산(三水甲山)
 ― *차안서삼수갑산운(次岸曙三水甲山韻)

삼수갑산 내 왜 왔노 삼수갑산이 어디뇨.
오고나니 *기험(奇險)타 아하 물도 많고 산첩첩(山疊疊)이라 아하하

내 고향을 도로 가자 내 고향을 내 못 가네
삼수갑산 멀드라 아하 *촉도지난(蜀道之難)이 예로구나 아하하

삼수갑산이 어디뇨 내가 오고 내 못 가네
불귀로다 내 고향 아하 새가 되면 떠가리라 아하하

님 계신 곳 내 고향을 내 못 가네 내 못 가네
오다가다 야속타 아하 삼수갑산이 날 가두었네 아하하

내 고향을 가고지고 오호 삼수갑산 날 가두었네
불귀로다 내 몸이야 아하 삼수갑산 못 벗어난다 아하하

* **차안서삼수갑산운** 안서(岸曙) 김억(金億)이 지은 「삼수갑산」이라는 시의 운을 빌렸다는 뜻이다.
* **기험타** 참으로 험하다. * **촉도지난** 촉(蜀)나라로 돌아가는 것이 어렵다는 뜻.

갈래 자유시, 서정시 │ **성격** 향토적, 영탄적, 애상적 │ **표현의 특징** 반복법 │ **제재** 삼수갑산 │
주제 고향에 돌아가지 못하는 안타까움

소월이 의도적으로 스승 김억이 지은 「삼수갑산」이라는 시의 운을 빌려 고쳐 쓴 것이다. 화자가 있는 삼수갑산은 험하기 짝이 없어, 물도 많고 산은 첩첩이다. 아무리 애써도 임이 있는 고향으로 돌아갈 길이 없다. 마치 삼수갑산이 화자를 가둔 듯하다. 새가 되어 날아가지 않고는 벗어날 방법이 없음에, 화자는 삼수갑산이 더욱 야속하기만 하다.

길

어제도 하룻밤
나그네 길에
까마귀 가왁가왁 울며 새었소.

오늘은
또 몇십 리
어디로 갈까.

산으로 올라갈까
들로 갈까
오라는 곳이 없어 나는 못 가오.

말 마소 내 집도
정주(定州) 곽산(郭山)
차 가고 배 가는 곳이라오.

여보소 공중에
저 기러기
공중엔 길 있어서 잘 가는가?

여보소 공중에
저 기러기
*열십자 복판에 내가 섰소.

갈래갈래 갈린 길
길이라도
내게 *바이 갈 길은 하나 없소.

*열십자 복판 네거리, 정해지지 않은 곳을 가야만 하는 나그네의 답답한 심정. *바이 전혀.

갈래 자유시, 서정시 │ **성격** 전통적, 애상적, 민요적 │ **표현의 특징** 의인법, 문답법 │ **주제** 떠돌이의 슬픔, 나라 잃은 민족의 서글픈 삶

네거리 한복판에 서니 막막하다. 사방이 뚫린 길인데 갈 곳이 없다. 공중의 기러기도 길 있는 것처럼 잘 가는데, 오늘은 또 어디로 가야 할지… 정처없이 떠도는 나그네의 의지할 곳 없는 심정을 노래한 시다. 시대적으로 볼 때 일제에게 나라를 빼앗긴 민족의 슬픔을 대변한 것이라 할 수 있다.

*물마름

주으린 새무리는 마른 나무의
해지는 가지에서 재갈이던 때.
온종일 흐르던 물 그도 곤하여
놀 지는 골짜기에 목이 메던 때.

그 누가 알았으랴 한쪽 구름도
걸려서 흐득이는 외로운 영(嶺)을
숨차게 올라서는 여윈 길손이
달고 쓴 맛이라면 다 겪은 줄을.

그곳이 어디더냐 남이장군(南怡將軍)이
말 멕여 *물 찌었던 푸른 강물이
지금에 다시 흘러 뚝을 넘치는
천백 리 두만강이 예서 백십 리.

무산(茂山)의 큰 고개가 예가 아니냐
누구나 예로부터 의(義)를 위하여
싸우다 못 이기면 몸을 숨겨서
한때의 못난이가 되는 법이라.

그 누가 생각하랴 삼백 년래에
차마 받지 다 못할 한(恨)과 모욕을
못 이겨 칼을 잡고 일어섰다가
인력(人力)의 다함에서 스러진 줄을.

부러진 대쪽으로 활을 메우고
녹슬은 호미쇠로 칼을 *벼려서
*다독(茶毒)된 삼천 리에 북을 울리며
정의의 기(旗)를 들던 그 사람이여.

그 누가 기억하랴 *다북동(茶北洞)에서
피 물든 옷을 입고 외치던 일을
정주성(定州城) 하룻밤의 지는 달빛에
애끊친 그 가슴이 *숯기 된 줄을.

물 위의 뜬 마름에 아침이슬을
불붙는 산마루에 피었던 꽃을
지금에 우러르며 나는 우노라
이루며 못 이룸에 박(薄)한 이름을.

*물마름 물 위에 떠 있는 야생초. *물 찌었던 '찌다'는 '고인 것이 없어지거나 줄어들다'의 뜻. *벼려서 기본형은 '벼리다'. 무디어진 연장의 날을 불에 달구어 두드려서 날카롭게 만들다. *다독된 마음이 나약한. *다복동 홍경래가 병사를 일으킨 다복동(多福洞)의 별칭. *숯기 된 숯이 된.

갈래 자유시, 서정시 ┃ **성격** 상징적, 감상적 ┃ **주제** 덧없고 불안한 삶

구름도 걸려 흐느끼는 가파른 산고개를 숨차게 올라서는 한 나그네. 그가 인생의 달고 쓴 맛이라면 겪을 만큼 겪은 줄 아무도 모른다. 나그네는 그 옛날의 남이장군과 홍경래를 생각하며 쓸쓸하지만 서글픈 결론을 얻는다. 무엇을 이루었다는 것도 혹은 이루지 못했다는 것도 모두 물마름에 얹힌 이슬방울처럼 순식간에 사라질 옅은 자국일 뿐임을…

고향

1
짐승은 모를는지 고향인지라
사람은 못 잊는 것 고향입니다.
생시에는 생각도 아니하던 것
잠들면 어느덧 고향입니다.

조상님 뼈 가서 묻힌 곳이라
송아지 동무들과 놀던 곳이라
그래서 그런지도 모르지마는
아아 꿈에서는 항상 고향입니다.

2
봄이면 곳곳이 산새 소리
진달래 화초 만발하고
가을이면 골짜구니 물드는 단풍
흐르는 샘물 위에 떠나린다.

바라보면 하늘과 바닷물과
차 차 차 마주붙어 가는 곳에

고기잡이 배 돛 그림자
어기엇차 디엇차 소리 들리는 듯.

3
떠도는 몸이거든
고향이 탓이 되어
부모님 기억 동생들 생각
꿈에라도 항상 그곳서 뵈옵니다.

고향이 마음속에 있습니까
마음속에 고향도 있습니다.
제 넋이 고향에 있습니까
고향에도 제 넋이 있습니다.

마음에 있으니까 꿈에 뵈지요.
꿈에 보는 고향이 그립습니다.
그곳에 넋이 있어 꿈에 가지요.
꿈에 가는 고향이 그립습니다.

4

물결에 떠내려간 부평(浮萍) 줄기
자리잡을 새도 없네.
제자리로 돌아갈 날 있으랴마는!
괴로운 바다 이 세상에 사람인지라 돌아가리.

고향을 잊었노라 하는 사람들
나를 버린 고향이라 하는 사람들
죽어서만은 *천애일방(天涯一方) 헤매지 말고
넋이라도 있거들랑 고향으로 네 가거라.

*천애일방 '하늘 끝의 한 귀퉁이'라는 뜻으로, 고국이나 고향에서 아주 멀리 떨어져 있음을 이르는 말.

갈래 자유시, 서정시 ┃ **성격** 애상적, 서정적 ┃ **주제** 꿈에도 그리운 고향

봄이면 진달래꽃 만발하고 가을이면 골짜기를 물들이는 단풍… 비록 부평초처럼 떠도는 몸이지만, 언젠가는 조상님 뼈 묻힌 고향에 가고 싶다. 마음에 있으니, 고향에 넋이 있으니 꿈에도 보인다. 꿈에 가는 고향도 좋다. 꿈에 보는 부모님, 동생들도 그립다. 사무치도록.

달맞이

정월 대보름날 달맞이,
달맞이 달마중을, 가자고!
*새라새옷은 갈아입고도
가슴엔 묵은 설움 그대로,
달맞이 달마중을, 가자고!
달마중 가자고, 이웃집들!
산 위에 수면(水面)에 달 솟을 때,
돌아들 가자고, 이웃집들!
*모작별 삼성이 떨어질 때,
달맞이 달마중을, 가자고!
다니던 옛 동무 무덤가에
정월 대보름날 달맞이!

*새라새옷 소월식 표현으로, 새롭고 새로운 옷. *모작별 금성(金星)의 방언.

갈래 자유시, 서정시 | **성격** 애상적 | **표현의 특징** 반복법, 수미상관 | **주제** 죽은 옛 친구 무덤가에서 하는 달맞이

가슴엔 묵은 설움이 있는 채로 이웃들과 달맞이를 한다. 새 옷을 갈아입고, 죽은 옛 친구 무덤가에서 달맞이를 한다. 달은 솟아오르고 모작별이 떨어질 때 슬픈 달맞이를 한다.

밭고랑 위에서

우리 두 사람은
키 높이 가득 자란 보리밭, 밭고랑 위에 앉았어라.
일을 필(畢)하고 쉬이는 동안의 기쁨이여.
지금 두 사람의 이야기에는 꽃이 필 때.

오오 빛나는 태양은 나려쪼이며
새 무리들도 즐거운 노래, 노래불러라.
오오 은혜여, 살아 있는 몸에는 넘치는 은혜여,
모든 은근스러움이 우리의 맘속을 차지하여라.

세계의 끝은 어디? 자애의 하늘은 넓게도 덮였는데,
우리 두 사람은 일하며, 살아 있어서,
하늘과 태양을 바라보아라, 날마다 날마다도,
*새라새로운 환희를 지어내며, 늘 같은 땅 위에서.

다시 한 번 활기 있게 웃고 나서, 우리 두 사람은
바람에 *일리우는 보리밭 속으로
호미 들고 들어갔어라, 가즈런히 가즈런히,
걸어나아가는 기쁨이여, 오오 생명의 향상이여.

***새라새로운** 새롭고 새로운. ***일리우는** 일렁이는, 움직이는.

갈래 자유시, 서정시 │ **성격** 희망적, 생동적 │ **주제** 살아 있는 기쁨과 일하는 즐거움

일을 끝마치고 나서 두 사람은 보리밭 밭고랑에 앉아 이야기꽃을 피운다. 빛나는 태양은 내려쬐고 새들은 즐거운 노래를 부른다. 살아 있음이, 일할 수 있음이 무한한 기쁨이다. 소월의 다른 시와는 달리 전체적으로 밝고 희망적인 분위기가 느껴진다.

농촌 처녀를 보고

뽕 따고 나물 캐는
아리따운 저 처녀의
샛하얀 가슴속에
넘치는 붉은 사랑
진주 같은 그 사랑
그 누가 엿보랴.
춘정(春情)에 움직이는
부끄러운 그 미소
맑은 공기를
가벼이 흔드누나.

갈래 자유시, 서정시 | **성격** 서정적, 낭만적 | **주제** 봄을 맞은 아름다운 농촌 처녀

온 천지에 봄이 왔다. 아름다운 농촌 처녀는 뽕을 따고 나물을 캔다. 그 모습을 엿보며, 아마도 순수한 가슴속에 열정적인 사랑이 숨어 있겠지 생각한다. 부끄러운 그 미소는 봄의 맑은 공기를 가볍게 흔들어놓는다.

상쾌한 아침

무연한 벌 위에 들어다 놓은 듯한 이 집
또는 밤새에 어디서 어떻게 왔는지 아지 못할 이 비.
신개지에도 봄은 와서 가냘픈 빗줄은
뚝가의 아슴프레한 개버들 어린 엄도 축이고,
난벌에 파릇한 뉘 집 파밭에도 뿌린다.
뒷 가시나무밭에 깃들인 까치떼 좋아 지껄이고
개울가에서 오리와 닭이 마주앉아 깃을 다듬는다.
무연한 이 벌, 심거서 자라는 꽃도 없고 메꽃도 없고
이 비에 장차 이름 모를 들꽃이나 필는지?
장쾌한 바닷물결, 또는 구릉의 미묘한 기복도 없이
다만 되는 대로 되고 있는 대로 있는 무연한 벌!
그러나 나는 내버리지 않는다. 이 땅이 지금 쓸쓸타고,
나는 생각한다. 다시금, 시원한 빗발이 얼굴을 칠 때,
예서뿐 있을 앞날의 많은 변전(變轉)의 후에
이 땅이 우리의 손에서 아름다워질 것을! 아름다워질 것을!

갈래 자유시, 서정시 | **성격** 긍정적, 희망적 | **주제** 밝은 미래를 믿는 마음

버려진 땅에도 봄비가 내려 개버들 어린 움과 파릇한 파밭을 축인다. 아득하게 넓은 이 벌판에서 장차 이름 모를 들꽃이나 필는지 걱정스럽기도 하다. 하지만 시인은 그 땅이 결국 아름다워질 것을 굳게 믿는다.

야(夜)의 우적(雨滴)

어데로 돌아가랴,
내의 신세는,
내 신세 가엾이도
물과 같아라.

험구진 산막지면
돌아서 가고,
*모지른 바위이면
넘쳐흐르랴.

그러나 그리해도
헤날 길 없어,
가엾은 설움만은
가슴 눌러라.

그 아마 그도 같이
야(夜)의 *우적(雨滴),
그같이 지향 없이
헤매임이라.

*모지른 모진. *우적 빗방울.

갈래 자유시, 서정시 ｜ 성격 애상적, 비탄적 ｜ 주제 덧없는 삶

우리네 삶은 참으로 덧없는 것이다. 물과 같이 험한 산이 나타나면 돌아서 가고, 모진 바위가 가로 막으면 넘쳐흐른다. 그렇게 해도 헤어날 길 없는 설움이 가슴을 억누른다. 마치 밤의 빗방울이 갈 곳 몰라 헤매는 것처럼.

붉은 조수

바람에 밀려드는 저 붉은 조수(潮水)
저 붉은 조수가 밀어들 때마다
나는 저 바람 위에 올라서서
푸릇한 구름의 옷을 입고
불 같은 저 해를 품에 안고
저 붉은 조수와 나는 함께
뛰놀고 싶구나, 저 붉은 조수와.

갈래 자유시, 서정시 | **성격** 열정적, 낭만적 | **주제** 영혼의 자유

때로 모든 것 다 잊고 영혼의 자유를 누리고 싶은 순간이 있다. 햇빛을 받아 붉은 바닷물이 밀려올 때, 화자는 마음껏 뛰놀고 싶다. 바람 위에 올라서서 불 같은 해를 품에 안고…

부록

개여울의 노래

그대가 바람으로 생겨났으면!
달 돋는 개울의 빈 들 속에서
내 옷의 앞자락을 불기나 하지.

우리가 굼벵이로 생겨났으면!
비 오는 저녁 캄캄한 영 기슭의
미욱한 꿈이나 꾸어를 보지.

만일에 그대가 바다난 끝의
벼랑에 돌로나 생겨났더면
둘이 안고 굴며 떨어나지지.

만일에 나의 몸이 불귀신이면
그대의 가슴속을 밤도와 태워
둘이 함께 재 되어 스러지지.

흘러가는 물이라 맘이 물이면

옛날에 곱던 그대 나를 향하여
귀여운 그 잘못을 이르렀느냐.
모두 다 지어 돋은 나의 지금은
그대를 불신 만전 다 잊었노라.
흘러가는 물이라 맘이 물이면
당연히 임을 잊고 버렸을러라.
그러나 그 당시에 나는 얼마나
앉았다 일어섰다 서러워 울었노.
그 연갑(年甲)의 젊은이 길에 어여도
뜬눈으로 새벽을 잠에 달려도
남들이 좋은 운수 가끔 볼 때도
얼없이 오다가다 멈칫 섰어도
자네의 차부 없는 복도 빌며
덧없는 삶이라 쓴 세상이라
슬퍼도 하였지만 맘이 물이라
저절로 차츰 잊고 말았었노라.

고독

설움의 바닷가의
모래밭이라
침묵의 하루해만 또 저물었네

탄식의 바닷가의
모래밭이니
꼭 같은 열두시만 늘 저무누나

바잽의 모래밭에
돋는 봄풀은 매일 붙는 벌 불에 타도 나타나

설움의 바닷가의
모래밭은요
봄 와도 봄 온 줄을 모른다더라

잊음의 바닷가의 모래밭이면
오늘도 지는 해니 어서 져다오
아쉬움의 바닷가 모래밭이니
뚝 씻는 물소리나 들려나 다오

만리성

밤마다 밤마다
온 하룻밤
쌓았다 헐었다
긴 만리성!

인간미

어스름 황혼 부드러운 바람
바람결조차 달려오는 울리움
그것은 죽어가는 인생의 권태의 소리외다.

붉은 저고리 푸른 치마
손뼉 치고 노래하는 무리
그것은 생의 약동의 곡조입니다.

구석구석 틈 하나 없이
백 마리 천 마리 돌돌버러지
그것은 생이란 줄을 쏘는 무덤의 사자(使者)외다.

죽음의 부르짖음, 생의 노래
무덤의 사자
나는 여기서 인간이란 별(別) 맛을 맛봅니다.

여자의 냄새

푸른 구름의 옷 입은 달의 냄새
붉은 구름의 옷 입은 해의 냄새
아니 땀냄새, 때묻은 냄새
비를 맞아 더러운 살과 옷 냄새.

푸른 바다······ 어지리는 배······
보드라운 그리운 어떤 목숨의
조그마한 푸릇한 그무러진 영(靈)
어우러져 빗기는 살의 아우성······

다시는 장사 지나간 숲속엣 냄새
유령 실은 널뛰는 뱃간엣 냄새
생고기의 바다의 냄새
늦은 봄의 하늘을 떠도는 냄새.

모래 두덩 바람은 그물 안개를 불고
먼 거리의 불빛은 달 저녁을 울어라.
냄새 많은 그 몸이 좋습니다.
냄새 많은 그 몸이 좋습니다.

하다못해 죽어 달래가 옳나

아주 나는 바랄 것 더 없노라
빛이랴 허공이랴.
소리만 남은 내 노래를
바람에나 띄워서 보낼 밖에.
하다못해 죽어 달래가 옳나
좀더 높은 데서나 보았으면!

한 세상 다 살아도
살은 뒤 없을 것을
내가 다 아노라 지금까지
살아서 이만큼 자랐으니.
예전에 지내본 모든 일을
살았다고 이를 수 있을진댄!

물가의 닳아져 널린 굴껍질에
붉은 가시덤불 벋어 늙고
어둑어둑 저문 날을
비바람에 울지는 돌무더기
하다못해 죽어 달래가 옳나
밤의 고요한 때라도 지켰으면!

무덤

그 누구 나를 헤내는 부르는 소리.
불그스름한 언덕, 여기저기
돌무더기도 움직이며, 달빛에
소리만 남은 노래 서러워 엉겨라,
옛 조상들의 기록을 묻어둔 그곳!
나는 두루 찾노라, 그곳에서!
형적 없는 노래 흘러 퍼져
그림자 가득한 언덕으로 여기저기,
그 누구가 나를 헤내는 부르는 소리.
부르는 소리, 부르는 소리,
내 넋을 잡아끌어 헤내는 부르는 소리.

부귀공명

거울 들어 마주본 내 얼굴을
좀더 미리부터 알았던들
늙는 날 죽는 날을
사람은 다 모르고 사는 탓에
오오 오직 이것이 참이라면
그러나 내 세상이 어디인지?
지금부터 두여들 좋은 연광(年光)
다시 와서 내게도 있을 말로
전보다 좀더 전보다 좀더
살음즉이 살는지 모르련만
거울 들어 마주본 내 얼굴을
좀더 미리부터 알았던들!

기회

강 위에 다리는 놓였던 것을!
건너가지 않고서 저볏는 동안
'때'의 거친 물결은 볼 새도 없이
다리를 무너치고 흘렀습니다.

먼저 건넌 당신이 어서 오라고
그만큼 부르실 때 왜 못 갔던가!
당신과 나는 그만 이편저편서
때때로 울며 바랄 뿐입니다려.

옷과 밥과 자유

공중에 떠다니는
저기 저 새요
네 몸에는 털 있고 깃이 있지.

밭에는 밭곡식
논에는 물벼
눌하게 익어서 수그러졌네!

초산(楚山) 지나 적유령(狄踰嶺)
넘어선다
짐 실은 저 나귀는 너 왜 넘니?

나무리벌 노래

신재령(新載嶺)에도 나무리벌
물도 많고
땅 좋은 곳
만주나 봉천은 못 살 고장.

왜 왔느냐
왜 왔더냐
자곡자곡이 피땀이라
고향산천이 어디메냐.

황해도
신재령
나무리벌
두 몸이 김매며 살았지요.

올벼논에 닿은 물은
츠렁츠렁
벼 자란다
신재령에도 나무리벌.

개미

진달래꽃이 피고
바람은 버들가지에서 울 때,
개미는
허리 가느다란 개미는
봄날의 한나절, 오늘 하루도
고달피 부지런히 집을 지어라.

꽃촛불 켜는 밤

꽃촛불 켜는 밤, 깊은 골방에 만나라.
아직 젊어 모를 몸, 그래도 그들은
'해 달같이 밝은 맘, 저저마다 있노라.'
그러나 사랑은, 한두 번만 아니라, 그들은 모르고.

꽃촛불 켜는 밤, 어스레한 창 아래 만나라.
아직 앞길 모를 몸, 그래도 그들은
'솔대같이 굳은 맘, 저저마다 있노라.'
그러나 세상은, 눈물날 일 많아라, 그들은 모르고.

해설

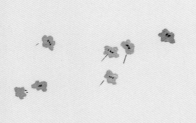

한(恨)과 이별의 미학, 소월

소월은 흙냄새 나는 향토적인 시어와 가슴 깊은 곳에서 우러나오는 우리 민족의 정서를 애상적인 어조로 노래한 시인이다. 1920년대의 척박한 문학 환경에서 전통적 서정시의 기틀을 세운 소월의 시 편들이 부드럽게 읽히는 것은 우리말의 기본 단위 인 3·4, 4·4조를 주로 했기 때문이다. 소월은 그런 우리만의 가락 속에 모두가 공감하는 한과 이별을 담아냈다.

소월은 1902년 평안북도 정주군 곽산면 남산리에서 태어났다. 본명 은 정식이다. 아버지 김성도는 소월이 태어난 지 얼마 후 당시 경의선 철도 놓는 일을 하던 일인들에게 몰매를 맞고 정신이상이 되어 평생 폐인으로 살았다. 소월은 할아버지 밑에서 자라며 한학을 배웠고, 13 세 되던 해 오산학교에 들어갔다. 이 오산학교에서 소월은 평생의 스 승 김억을 만났다. 남달리 감수성이 뛰어났던 소월은 김억의 영향을 받아 시에 눈뜨기 시작했다.

오산학교 4년을 수료한 소월은 1921년 서울 배재고등보통학교 5학 년에 편입하였다. 그때 마침 김억이 『개벽』지의 편집을 맡고 있어 소 월은 40여 편이나 되는 시를 발표했다. 대표작이라 할 수 있는 「진달래 꽃」을 비롯하여 「금잔디」 「엄마야 누나야」 등을 선보인 것도 이 무렵이다. 이어 『영대』 동인으로 활동하며 「산유화」「꽃촛불 켜는 밤」 등을 잇따라 내놓았다.

배재고등보통학교를 졸업한 소월은 1923년 일본 동경상과대학에 입학했지만, 그해 10월 관동대지진이 일어나는 바람에 귀국길에 오르지 않으면 안 되었다. 1925년에는 주위의 권유로 첫 시집 『진달래꽃』을 냈다. 소월은 그 시집으로 문단의 주목을 받았으나, 이듬해인 1926년부터는 작품 발표를 중단하고 처가가 있는 구성면에서 동아일보 지국을 경영했다. 그 일이 마음먹은 대로 되지 않자 소월은 실의에 빠져 술을 찾는 일이 많아졌다. 그러다가 1934년 12월 24일 아편을 먹고 33년의 짧은 생을 마감했다.

소월의 시 가운데 대부분은 가고 없는 임, 떠난 임을 노래했다. 하지만 임에 대한 원망과 미움 대신 기다림과 그리움을 그 주된 내용으로 한다. '슬프지만 겉으로 드러내지 않고' 감정을 절제한 채 임이 다시 돌아오기를 기다린다. 그 대표적인 시가 바로 「진달래꽃」이다. 떠나는 임을 보며 화자는 마음이 아프다. 그러나 '나 보기가 역겨워/가실 때에는/말없이 고이 보내드리우리다'라고 한다. 슬프지만 그 슬픔을 드러내지 않으려 애쓴다. 그리고 진달래꽃을 가는 길에 한 아름 뿌려주

겠다고 한다. 버려진 여인의 모습과 길에 뿌려지는 진달래꽃의 모습이 겹쳐진다. 화자는 한 발 더 나아가 '가시는 걸음걸음/놓인 그 꽃을/사뿐히 즈려밟고 가시옵소서'라고 한다. 비록 자신은 진달래꽃처럼 짓밟히는 한이 있어도 떠나는 임의 앞길을 축복하는 것이다.

원망하고 미워하는 대신 기다리고 그리워하는 이런 심정을 노래한 시는 또 있다. 「못 잊어」에서는 '못 잊어 생각이 나겠지요'라며 지금 화자가 임과 이별한 상태임을 나타내고 있다. 하지만 뒤를 이어 '그런대로 세월만 가라시구려/못 잊어도 더러는 잊히우리다'라고 한 것을 보면 현재의 상황을 좀더 객관적으로 바라보려 하고 있다. 마치 다른 사람의 일처럼 받아들임으로써 이별로 인한 아픔을 잊으려고 한 것이다. 그러나 마지막 연에서 '그리워 살뜰히 못 잊는데/어쩌면 생각이 떠지나요?'라며 임을 잊지 못하고 언제까지나 기다릴 것임을 암시한다.

소월의 마음은 살아서 이별한 임뿐만 아니라 죽은 임에게까지 미친다. 「초혼」에서는 사랑했던 사람을 잊지 못하고 '불러도 주인 없는 이름이여!/부르다가 내가 죽을 이름이여!'라고 목이 터져라 부름으로써 죽음이 둘을 갈라놓을지라도 자신은 결코 떠나보낼 수 없음을 토로하고 있다. '초혼'이란 죽은 사람의 옷을 흔들며 그 혼을 소리쳐 부르는 일을 뜻한다. 「접동새」는 아홉 남동생을 못 잊는 누나의 슬픔이 고스

란히 느껴지는 시다. '죽어서도 못 잊어 차마 못 잊어/야삼경 남 다 자는 밤이 깊으면/이 산 저 산 옮아가며 슬피 웁니다.' '접동새'는 억울하게 세상을 떠난 누나의 혼이다. 의붓어미 시샘에 죽은 누나는 동생들 때문에 자유롭게 날아가지 못하고 늘 근처를 맴돌며 슬피 울고 있다.

소월의 시세계에 영향을 끼친 것은 사람뿐만이 아니었다. 자연의 소리에 귀를 기울일 줄 알았던 소월은 또한 그 자연을 자연 그대로 바라보고 사랑할 줄 아는 눈도 가지고 있었다. 「산유화」는 산에 꽃이 피었다가 지는 모습을 반복적인 시어를 통해 그리고 있다. '갈봄 여름 없이' 피었던 꽃은 또 '갈봄 여름 없이' 진다. 생성과 소멸 사이의 그 짧은 기간 동안 피고 지는 꽃, 그 '꽃이 좋아/산에서 사'는 '작은 새'. 그것은 바로 인간의 모습이고, 더 나아가 생명을 지닌 모든 존재의 모습이다. 꽃이 피고 지는 것처럼, 생명은 짧은 순간 나타났다가 사라지는 그 일을 언제까지나 되풀이한다.

일제의 식민지 수탈은 조선의 많은 농민들로 하여금 고향을 잃은 채 떠돌게 만들었고 그것이 향수를 자극하는 원천이 되었다. 「삭주구성」은 그런 우리 민족의 보편적인 정서와 맞닿아 있는 빼어난 시다. 평안북도에 있는 삭주구성은 '물로 사흘 배 사흘', 게다가 걸어서 넘어야 하는 산까지 있어 육천 리나 떨어져 있다. 화자는 그렇게 먼 삭주구성을 그리워하며 돌아가고 싶어한다. 사랑하는 '님을 둔 곳'이라서다. 고향 하늘을 떠다니는 화자의 마음은 끝 연의 '들 끝에 날아가는 나는 구름'으로 표현되어 있다.

소월은 짧은 생을 살다 갔다. 시를 쓴 기간도 짧다. 하지만 한과 이별을 전통적 서정시로 승화시킨 그가 남겨놓은 시들은 우리 문학사에 길이 빛날 것이다.

김소월

1902   9월 7일 평안북도 구성군 서산면 왕인동 외가에서 아버지 김성 도와 어머니 장경숙 사이의 큰아들로 태어나다. 본명은 정식.

1904   아버지가 정주, 곽산 사이의 철도 놓는 일을 하던 일인들에게 몰매를 맞고 정신이상자가 되다. 이후 할아버지에게서 한학 을 배우며 성장하다.

1909   남산소학교에 입학하다.

1915   남산소학교를 졸업하다. 4월 오산학교 중학부에 입학하다. 오 산학교에서 스승 안서 김억을 만나 시에 눈뜨다.

1916   구성군 평지동의 남양 홍씨 단실과 결혼하다.

1919   3·1운동으로 오산학교가 폐교되다. 오산학교 4년을 수료한 것이 되다.

1920   김억의 지도 아래 『창조』에 「낭인의 봄」 「야의 우적」 「오과의 읍」 등을 발표하면서 문단에 데뷔하다.

1922   배재고등보통학교 5학년에 편입하다. 소설 「함박눈」, 시 「금 잔디」 「엄마야 누나야」 「진달래꽃」 등을 발표하다.

1923   배재고보를 졸업하고 일본 유학길에 오르다. 10월 관동대지 진으로 돌아와 서울에 머물며 나도향 등과 친해지다. 『개벽』 에 「예전엔 미처 몰랐어요」 「못 잊어 생각이 나겠지요」 등 발 표하다.

1924   할아버지의 광산 일을 돕기 위해 귀향하다. 김동인, 김찬영, 임장화 등과 『영대』 동인이 되다.

1925   매문사에서 시집 『진달래꽃』을 간행하다. 『개벽』에 시론 「시 혼」 발표하다.

1926   처가가 있는 구성군 남시에서 동아일보 지국을 개설하다. 『조 선문단』에 이백의 「밤가마귀」 등 역시와 「둥근 해」 「첫눈」 등 을 발표하다.

1927 『가면』에 「팔베개 노래」 「대수풀 노래」 등을 발표하다.

1928 『백치』에 「나무리벌 노래」 「옷과 밥의 자유」 등을 발표하다.

1929 『문예공론』에 「저급생활」을 발표하다. 일제의 검열로 일부분
을 삭제당한 후 염세적이 되어 술을 많이 마시다.

1934 『삼천리』에 「제이·엠·에쓰」 「건강한 잠」 「상쾌한 아침」 등을
발표하다. 고향 곽산에 가서 성묘하다. 이해 12월 24일 아편
을 먹고 자살하다.

시 쉽게 감상하기 II

진달래꽃

초판 1쇄 인쇄 | 2023년 2월 5일
초판 1쇄 발행 | 2023년 2월 10일

지은이 | 김소월
감 수 | 전문규
일러스트 | 정윤미
제 작 | 선경프린테크
펴낸곳 | Vitamin Book
펴낸이 | 박영진

등 록 | 제318-2004-00072호
주 소 | 07251 서울특별시 영등포구 영신로 40길 18 윤성빌딩 405호
전 화 | 02-2677-1064
팩 스 | 02-2677-1026
이메일 | vitaminbooks@naver.com

ⓒ 2023 Vitamin Book

ISBN 979-11-89952-77-8 (04810)
     979-11-89952-81-5 (전3권)

잘못된 책은 바꾸어 드립니다.